EIN TERRA-TASCHENBUCH

Jack Vance

Das Gehirn der Galaxis

VERLAG ARTHUR MOEWIG GMBH, 7550 RASTATT

Titel des Originals:
THE WORLDS OF JACK VANCE – 1. Teil
Aus dem Amerikanischen von Leni Sobez

TERRA-Taschenbuch erscheint alle zwei Monate
im Verlag Arthur Moewig GmbH, Rastatt

– Erstmals als Taschenbuch –
Titelbild: Mike Masters
Vertrieb: Erich Pabel Verlag GmbH, Rastatt
Druck und Bindung: Elsnerdruck GmbH, Berlin

Printed in Germany
Oktober 1984
ISBN 3-8118-3403-7

Die Welt dazwischen

1.

Auf dem Forschungskreuzer *Blauelm* entwickelte sich eine häßliche Abart psycho-neutraler Leiden. Es hatte keinen Sinn, die Expedition weiterzuführen, die sich schon drei Monate über die vorgesehene Zeit hinaus im Raum aufhielt. Forscher Bernisty befahl die Rückkehr zum Blauen Stern.

Die Laune wurde nicht besser, der Schaden war schon angerichtet. Der übergroßen Spannung folgte die Reaktion, und die auf Aktivität eingestellten Techniker versanken in düstere Apathie und starrten wie mechanische Männchen vor sich hin. Sie aßen wenig und sprachen noch weniger. Bernisty wandte verschiedene Listen an: Konkurrenzkämpfe, zarte Musik, würzige Nahrung – alles ohne Erfolg.

Bernisty ging noch weiter. Auf seinen Befehl hin sperrten sich die Spielmädchen in ihren Wohnungen ein und sangen erotische Lieder in die Schiffs-Sprechanlage. Da all dies fehlschlug, befand sich Bernisty in einer richtigen Klemme. Da hatte er doch seinen Trupp so geschickt zusammengestellt, so daß zum Beispiel ein Meteorologe mit einem Chemiker arbeitete, ein Botaniker etwa mit einem Virusanalytiker, und nun stand dies alles auf dem Spiel. Demoralisiert zum Blauen Stern zurückkehren? Bernisty schüttelte seinen kantigen Kopf. Mit der *Blauelm* würde es keine weiteren Abenteuer mehr geben.

„Dann bleiben wir doch länger draußen", schlug Berel, seine Lieblingsgefährtin unter den Spielmädchen, vor.

Bernisty schüttelte den Kopf. Wo war Berels sonstige Intelligenz geblieben? „Wir würden die schlechte Lage noch verschlimmern."

„Was willst du dann tun?"

Bernisty gab zu, er habe keine Ahnung, und ging zum Nachdenken weg. Später, am gleichen Tag, beschloß er einen Kurs von äußerster Tragweite. Er bog aus, um das Kay-System anzusteuern. Wenn etwas die Laune seiner Männer bessern konnte, dann war es dies.

Natürlich barg dieser Umweg Gefahr in sich, wenn auch keine all zu große. Alles Fremde war faszinierend, in den Städten der Kay gab es nirgends regelmäßige Formen, und das gesellschaftliche System war vollends bizarr.

Der Stern Kay strahlte und wuchs, und Bernisty sah, daß sein Plan erfolgreich sein würde. In den grauen Stahlkorridoren gab es wieder angeregte Unterhaltungen.

Die *Blauelm* glitt über die Kay-Bahn. Die verschiedenen Welten blieben zurück, doch sie flogen so nahe daran vorbei, daß sogar das hektische Leben in den Städten, der dynamische Pulsschlag der Fabriken auf den Schirmen zu erkennen war. Kith und Kelmet mit ihren warzenartigen Kuppeln, Karnfray, Koblenz, Kavanaf, dann der Stern Kay selbst; danach Kool, zu heiß für Leben, dann Konbald und Kinsle, die eisigen, toten Salmiakriesen; und schließlich lag das gesamte Kay-System hinter ihnen.

Noch wartete Bernisty. Würden sie nun zurückfallen in die Teilnahmslosigkeit, oder reichte dieser intellektuelle Antrieb für den Rest der Reise aus? Der Blaue Stern lag vor ihnen, nur noch eine Reisewoche entfernt. Dazwischen gab es einen unbedeutenden gelben Stern. Als sie daran vorbeiflogen, wurde Bernistys List offenbar.

„Planet!" sang der Kartograph aus.

Eine Aufregung gab es deshalb nicht, denn oft genug war in den acht Monaten der Reise dieser Ruf durch das Schiff gegangen. Immer hatte sich der betreffende Planet als so heiß erwiesen, daß er Eisen schmelzen konnte; oder als so kalt, daß die Gase zu Eis wurden; oder als so giftig, daß sich die Haut ablöste; oder als so luftleer, daß er den Männern die Lungen aus den Leibern sog. Ein Stimulans war der Ruf, nicht mehr.

„Atmosphäre!“ schrie der Kartograph. Interessiert schaute der Meteorologe auf. „Mitteltemperatur vierundzwanzig Grad!“

Bernisty kam herbei und maß selbst die Schwerkraft. „Einskommaeins normal . . .“ Er gab dem Navigator ein Zeichen, der keinen Computer mehr zur Landung brauchte.

Bernisty schaute durch die Sichtluke der Planetenscheibe entgegen. „Da muß etwas nicht in Ordnung sein. Entweder die Kays oder wir selbst haben sicher hundertmal nachgeprüft. Die Welt ist direkt zwischen uns.“

Der Bibliothekar berichtete: „Keine Aufzeichnungen über diesen Planeten, Bernisty“, und grub eifrig in seinen Bandspulen. „Keine Aufzeichnungen über irgendeine Erschließung. Nichts. Absolut nichts.“

„Aber es ist doch bekannt, daß dieser Stern existiert?“ fragte Bernisty sarkastisch.

„Oh, selbstverständlich. Wir nennen ihn Maraplexa, bei den Kay heißt er Melliflo. Aber keines der Systeme hat ihn je eingehend erforscht oder gar entwickelt.“

„Atmosphäre!“ rief der Meteorologe, „Methan, Kohlendioxid, Ammoniak, Wasserdampf. Nicht atembar, aber Potential Typ 6-D.“

„Kein Chlorophyll, Haemaphyll, keine Sturm- oder Gesteinsabsorption“, sagte der Botaniker mit einem Auge am Spektrographen. „Kurz: keine einheimische Vegetation.“

„Moment mal. Um es klarzumachen“, sagte Bernisty. „Temperatur, Schwerkraft, Luftdruck – okay?“

„Okay.“

„Keine ätzenden Gase?“

„Keine.“

Kein einheimisches Leben?

„Kein Anzeichen."

„Und keine Aufzeichnungen über Forschungen, erhobene Ansprüche oder Entwicklung?"

„Nichts."

„Dann", erklärte Bernisty triumphierend, „landen wir." An den Funker: „Absichtserklärung ausgeben. An alle Beteiligten durchgeben, an die Archivstation. Von dieser Stunde an ist Maraplexa eine Entwicklung des Blauen Sternes!"

Die *Blauelm* bremste ab und schwang zur Landung ein. Bernisty saß mit Berel, dem Spielmädchen, dabei.

„Warum?" Der Navigator Blandwick debattierte mit dem Kartographen. „Warum haben die Kay den Planeten noch nicht entwickelt?"

„Vermutlich aus den gleichen Gründen, weshalb wir's nicht taten. Wir schauen immer zu sehr in die Ferne."

„Wir durchkämmen die Ränder der Galaxis", sagte Berel und warf Bernisty einen Blick aus den Augenwinkeln zu. „Uns interessieren die runden Sternhaufen."

„Und hier", bemerkte Bernisty verlegen, „ist ein Nachbar unseres eigenen Sternes, eine Welt, die nur eine atembare Atmosphäre erhalten muß, damit wir sie in einen Garten formen können."

„Werden das die Kay erlauben?" warf Blandwick ein.

„Was könnten sie tun?"

„Das wird ihnen jedenfalls hart ankommen."

„Um so schlimmer für die Kay!"

„Sie werden ein Prioritätsrecht beanspruchen."

„Es sind keine Ansprüche eingetragen, die es beweisen würden."

Bernisty unterbrach die Debatte. „Blandwick, du kannst mit deinen Unkenrufen die Ohren der Spielmädchen vollkrächzen. Da alle anderen arbeiten, langweilen sie sich und sind für deine Wehwehchen aufgeschlossen."

„Ich kenne die Kay", beharrte Blandwick. „Die lassen

sich nie etwas gefallen, das wie eine Demütigung aussieht – wenn der Blaue Stern einen Schritt voraus ist."

„Was können sie schon tun? Sie müssen sich damit abfinden" erklärte Berel mit jener lachenden Unbekümmertheit, von der sich Bernisty ursprünglich angezogen gefühlt hatte.

„Du hast nicht recht!" rief Blandwick aufgeregt, und Bernisty hob Frieden gebietend eine Hand.

„Nun, wir werden ja sehen . . ."

Bufco, der Radiomann, brachte etwas später drei Mitteilungen. Die erste kam von der Zentrale Blauer Stern und war ein Glückwunsch; die zweite stammte von der Archivstation mit der Bestätigung der Entdeckung; die dritte war von Kerrykirk und hastig improvisiert. Das Kay-System, hieß es dort, habe Maraplexa seit langem für ein neutrales Niemandsland zwischen zwei Systemen gehalten, und man würde eine Entwicklung durch den Blauen Stern als unfreundlichen Akt ansehen.

Bernisty lachte zu den drei Mitteilungen, am herzlichsten zur letzten. „Ihren Forschern müssen die Ohren klingen. Sie brauchen neues Land noch verzweifelter als wir."

„Eher wie Meerschweinchen und nicht wie richtige Menschen", bemerkte Berel und rümpfte die Nase.

„Wenn man den Berichten glauben darf, sind es richtige Menschen. Man sagt, wir stammen alle vom gleichen einsamen Planeten ab."

„Hübsche Legende. Aber wo ist diese fabulöse Erde?"

Bernisty zuckte die Schultern. „Ich schwöre nicht auf diesen Mythos. Und da unten ist unsere Welt."

„Wie wollt ihr sie nennen?"

Bernisty überlegte. „Wir finden schon noch einen Namen. Vielleicht ‚Neue Erde'? Zur Ehre unserer Urheimat."

Das ungeschulte Auge konnte die Neue Erde nackt, wild und trostlos finden. Die Winde röhrten über Ebenen und Berge, die Sonne gleißte auf Wüsten und Seen weißen

Alkalis. Aber Bernisty sah die Welt schon als rohen Diamanten, gerade richtig für eine Verbesserung. Die Strahlung war richtig, die Schwerkraft auch. In der Atmosphäre gab es keine Halogene oder Ätzstoffe. Der Boden war frei von fremdem Leben und fremden Proteinen, die noch viel nachhaltiger vergiften konnten als Halogene.

Draußen, auf der windigen Planetenoberfläche sagte er zu Berel: „Aus solchem Grund werden Gärten gemacht." Er deutete auf die Lößebene, die sich vom Schiff aus bis zum hügeligen Horizont erstreckte. „Und von solchen Bergen kommen die Wasserläufe."

„Falls es Luftwasser gibt, damit Regen entstehen kann", bemerkte Berel.

„Eine Kleinigkeit. Dürften wir uns Ökologen nennen, wenn wir uns von solchen Kleinigkeiten stören ließen?"

„Ich bin ein Spielmädchen, kein Ökologe. Ich kann mir nicht vorstellen, daß tausend Milliarden Tonnen Wasser eine Kleinigkeit sind."

Bernisty lachte. „Das läßt sich alles schrittweise machen. Erst wird das Kohlendioxid herabgesaugt und reduziert, und dafür haben wir heute schon Standard 6-D-Grundpflanzen auf dem Löß ausgesät."

„Wie wollen sie atmen? Pflanzen brauchen doch Sauerstoff!"

„Schau mal."

Von der *Blauelm* stieg eine braungrüne Rauchwolke auf und wurde zu einer fettigen Feder, die vom Wind davongetragen wurde. „Sporen symbiotischer Flechte: Typ Z bildet Sauerstoffpolster auf den Basispflanzen. Typ RS ist nicht photosynthetisch und verbindet Methan mit Sauerstoff, woraus Wasser entsteht, das die Grundpflanzen für das Wachstum brauchen. Die drei Pflanzen bilden die Standard-Grundvegetation für solche Welten."

Berel schaute zum dunstigen Horizont. „Ich werde mich immer wundern; wahrscheinlich wird es sich so entwikkeln, wie du sagst."

„In drei Wochen ist die Ebene grün, in sechs Wochen haben sich schon reichlich Samen und Sporen ausgesät, in sechs Monaten hat der Planet eine Vegetation von zehn Metern Höhe, und in einem Jahr beginnen wir mit der Stabilisierung der endgültigen Ökologie."

„Wenn es die Kay zulassen."

„Verhüten können es die Kay nicht. Der Planet gehört uns."

Berel musterte die wuchtigen Schultern und das harte Profil.

„Du sprichst so männlich positiv, und alles hängt doch von den Traditionen der Archivstation ab. So sicher bin ich nicht. Mein Universum ist mehr als zweifelhaft, das kannst du mir glauben."

„Du bist intuitiv, ich bin rational."

„Vernunft", überlegte Berel laut, „sagt dir, die Kay werden sich den Archivgesetzen beugen, meine Intuition sagt das Gegenteil."

„Was können sie tun? Uns angreifen? Verjagen?" Bernisty schniefte. „Das werden Sie niemals wagen."

„Wie lange warten wir hier?"

„Nur so lange, bis wir die Samenbildung der Basispflanzen als sicher annehmen können. Dann geht's zurück zum Blauen Stern."

„Und danach?"

„Dann kommen wir zurück, um auf breiter Ebene Ökologie zu betreiben."

2.

Am dreizehnten Tag stapfte Bartenbrock, der Botaniker, über die windige Lößebene zum Schiff zurück, um anzukündigen, daß die ersten grünen Spitzen sich zeigten. Er brachte Bernisty auch ein paar Muster.

Bernisty prüfte kritisch den Stengel. Wie winzige Gallen

hingen zwei Säckchen daran, ein blaßgrünes und ein weißes. Die zeigte er Berel. „Diese grünen Hüllen speichern Sauerstoff, die weißen Wasser."

„Dann beginnt die Neue Erde also schon die Atmosphäre zu verändern", stellte sie fest.

„Ehe dein Leben zu Ende geht, wirst du auf dieser Ebene Städte sehen wie auf dem Blauen Stern."

„Mein lieber Bernisty, das bezweifle ich doch irgendwie."

„Bernisty", tönte es da aus dem Helmradio. „Bufco hier. Drei Schiffe kreisen um den Planeten. Sie beantworten kein Signal."

Bernisty warf die Schößlinge auf den Boden. „Das sind die Kay."

„Und wo sind jetzt deine Städte vom Blauen Stern?" rief ihm Berel nach.

Bernisty gab keine Antwort. Berel folgte ihm zum Kontrollraum des Schiffes, wo Bernisty den Sichtschirm einstellte. „Wo sind sie?" fragte er.

„Jetzt sind sie auf der anderen Planetenseite. Auf Erkundung."

„Welche Art Schiffe haben sie?"

„Patrouillen-Angriffsschiffe. Baumuster Kay. Da kommen sie!"

Drei dunkle Schatten zeigten sich auf dem Schirm. „Schick den Universal-Grußkode aus", schnappte Bernisty.

„Jawohl, Bernisty."

Bufco sprach in der archaischen Universalsprache, und Bernisty beobachtete die Schiffe. Sie schienen stillzustehen, unentschlossen zu sein, dann sich zu entscheiden.

„Sieht aus, als wollten sie landen", sagte Berel leise. „Und sie sind bewaffnet. Sie können uns vernichten."

„Sie können; aber wagen werden sie es nicht."

„Ich glaube, du verstehst die Psyche der Kay nicht."

„Du vielleicht?" schnappte Bernisty.

Sie nickte. „Ich habe studiert, ehe ich Spielmädchen wurde. Meine Zeit ist fast um. Ich setze meine Studien fort."

„Als Spielmädchen bist du viel produktiver. Wenn du studierst und deinen hübschen Kopf vollstopfst, muß ich mir für meine Kreuzfahrt eine andere Gefährtin suchen."

Sie nickte zu den schwarzen Schiffen hinüber. „Wenn es für uns noch weitere Kreuzfahrten gibt."

Bufco beugte sich über sein Instrument, als eine Stimme aus dem Gitter sprach. Bernisty lauschte den Silben, die er nicht verstand, wenn auch die befehlende Stimme genug sagte.

„Was will er?" fragte er.

„Er verlangt, wir sollen diesen Planeten verlassen. Auf den hätten die Kay Ansprüche angemeldet."

„Sag ihm, er soll selbst verschwinden. Und er ist verrückt. Nein, sag ihm, er soll sich mit der Archivstation in Verbindung setzen."

Bufco sprach in dieser alten Sprache, die Antwort kam krächzend zurück. „Er landet. Das klingt sehr entschieden."

„Soll er landen und entschieden sein! Unser Anspruch ist von der Archivstation bestätigt." Aber Bernisty stülpte trotzdem seinen Helm über den Kopf und ging nach draußen, um zuzuschauen, wie sich die Kay-Schiffe auf dem Löß niederließen. Er zuckte zusammen, weil sie das von ihm gepflanzte junge Grün versenkten.

Berel trat hinter ihn. „Was willst du hier?" fragte er barsch. „Hier haben Spielmädchen nichts zu suchen."

„Ich komme jetzt als Studentin."

Bernisty lachte. Die Vorstellung von Berel als ernsthaft Arbeitender erschien ihm lächerlich.

„Du lachst? Gut, dann laß mich doch mit den Kay sprechen. Ich kann Kay und Universal."

„Du?" knurrte Bernisty. „Nun, du kannst dolmetschen."

Die Luken des einen schwarzen Schiffes öffneten sich,

acht Kay-Männer kamen heraus. Zum erstenmal nun sah Bernisty sich den Fremden des anderen Systems gegenüber. Er fand sie bizarr. Sie waren groß und mager und trugen schwarze, weite Mäntel. Die Köpfe waren völlig kahlgeschoren, die Schädel verziert mit dicken Lagen aus scharlachrotem und schwarzem Email.

„Sie scheinen uns ebenso eigenartig zu finden", flüsterte Berel. Bernisty gab keine Antwort. Er hatte sich noch nie eigenartig gefunden.

Die acht Männer hielten in etwa sechs Meter Entfernung und starrten Bernisty kalt, neugierig und unfreundlich an. Alle waren bewaffnet.

Beral sprach; die dunklen Augen wanderten erstaunt zu ihr. Der vorderste antwortete. „Was sagt er?" wollte Bernisty wissen. Berel lachte. „Sie wollen wissen, ob ich, eine Frau, die Expedition leite."

Bernisty wurde rot. „Du sagst ihnen, daß ich, der Forscher Bernisty, Expeditionsleiter bin."

Berel sprach überaus ausführlich, der Kay antwortete.

„Er sagt, wir müssen gehen. Er hat die Vollmacht von Kerrykirk, den Planeten zu säubern, gewaltsam, wenn nötig."

Bernisty musterte den Mann. „Er soll seinen Namen sagen." Damit wollte er nur ein paar Augenblicke gewinnen.

Berel sprach und erhielt eine kühle Antwort.

„Er ist eine Art Kommodore", erklärte sie. „Ganz klar kann ich das nicht feststellen. Er heißt Kallish oder Kallis . . ."

„Gut. Dann frage Kallish, ob er etwa einen Krieg anfangen will. Und frage ihn, auf welcher Seite die Archivstation stehen wird."

Berel übersetzte, Kallish antwortete sehr viel.

„Er sagt", erklärte Berel, „wir seien auf Kay-Boden, und Kay-Kolonisten hätten diese Welt erforscht, die Forschung aber nie registrieren lassen. Wenn es einen Krieg gibt, sagt er, seien wir dafür verantwortlich."

„Der will doch nur bluffen", murmelte Bernisty aus dem Mundwinkel heraus. „Das Spiel kann man auch zu zweit spielen." Er zog seinen Nadelstrahler und zog eine Rauchlinie in den Staub, nur zwei Schritte vor Kallish.

Kallish reagierte scharf, seine Hand zuckte zu seiner Waffe, und die Hände seiner ganzen Gruppe zuckten mit.

„Sag ihnen, sie sollen verschwinden", befahl er Berel, „sofort nach Kerrykirk zurückkehren, wenn sie nicht den Strahl an ihren Beinen spüren wollen."

Berel übersetzte und versuchte, sich ihre Nervosität nicht anmerken zu lassen. Kallish aktivierte zur Antwort seinen eigenen Strahler und brannte vor Bernisty einen großen orangefarbenen Fleck auf den Boden.

„Wir müssen gehen, sagt er", übersetzte Berel.

Bernisty brannte eine neue Spur in den Staub, diesmal näher an den schwarzen Schuhen des anderen. „Er will es so", sagte er.

„Bernisty, unterschätze die Kay nicht!" warnte Berel. „Sie sind steinhart, stur und . . ."

„. . . und sie unterschätzen Bernisty!"

Die Kay sprachen untereinander in einem schnellen Stakkato, dann zog Kallish mit ruckhafter Großartigkeit eine flackernde Linie vor Bernistys Zehen.

Bernisty taumelte ein wenig, biß die Zähne zusammen und beugte sich vorwärts, und Berel rief: „Das ist ein gefährliches Spiel!"

Bernisty zielte und sprühte heißen Staub über Kallish' Sandalen; der trat zurück, die Kay hinter ihm röhrten. Langsam begann Kallish eine Linie zu ziehen, die über Bernistys Fußknöchel führte. Der eine konnte zurücktreten, der andere mit seinem Strahl ausbiegen . . .

Berel seufzte. Der Strahl ging gerade weiter, Bernisty stand still wie ein Stein, der Strahl strich über Bernistys

Füße. Und Bernisty lachte noch immer. Er hob seinen Nadelstrahler.

Kallish drehte sich um und ging davon. Sein weites, schwarzes Cape flatterte im Ammoniakwind.

Bernisty stand da und sah ihm nach, wie versteinert vor Triumph, Schmerz und Wut. Berel wagte nicht, zu sprechen. Eine Minute verging. Die Kay-Schiffe stiegen auf aus dem Staub der Neuen Erde, und die herabstrahlende Energie verbrannte noch mehr junges Grün.

Nun taumelte Bernisty. Sein Gesicht war spukhaft verzerrt. Berel fing ihn gerade noch unter den Armen auf. Aus dem Schiff kam Blandwick mit einem Arzt gerannt. Sie legten Bernisty auf eine Trage und brachten ihn zum Lazarett.

Der Arzt schnitt Stoff und Leder von den verkohlten Knochen. Und da krächzte Bernisty: „Berel, heute habe ich gewonnen. Sie sind noch nicht erledigt . . . Aber gewonnen habe ich."

„Das hat dich deine Füße gekostet."

„Ich kann mir neue wachsen lassen." Bernisty stöhnte, als der Arzt einen lebenden Nerv traf. „Aber einen neuen Planeten kann ich mir nicht erschaffen . . ."

Die Kay versuchten, entgegen Bernistys Erwartungen, keine neue Landung. Die Tage vergingen in trügerischer Ruhe. Die Sonne ging auf, gleißte eine Weile über dem Ocker, Gelb und Grau der Landschaft und versank in einem westlichen See aus Grün- und Rottönen. Die Winde waren allmählich nicht mehr so stürmisch; über die Lößebene lag bald eine merkwürdige Stille. Der Arzt brachte durch Hormongaben, mit Kalzium angereicherten Transplantaten und viel Geduld und Geschick Bernistys Füße wieder zum Wachsen. Bald hoppelte er in Spezialschuhen herum, er hielt sich jedoch immer in unmittelbarer Nähe des Schiffes auf.

Sechs Tage nach der Ankunft und dem Verschwinden

der Kay kam die *Beaudry* vom Blauen Stern. Sie brachte ein komplettes ökologisches Labor mit, auch Saaten, Sporen, Eier, Sperma, Zwiebeln, Pfropfreiser, tiefgefrorene Fingerlinge, Kokons und Brutvorrichtungen, Experimentalzellen und Embryos, Futter, Larven, Puppen, Amöben, Bakterien, Viren, Nährkulturen und Nährlösungen; natürlich auch vieles für die Bearbeitung und Kultivierung verschiedener Spezies, Rohnukleine, neutrales Gewebe, klares Protoplasma, aus dem einfache Lebensformen gezüchtet werden konnten. Nun mußte Bernisty entscheiden, ob er zum Blauen Stern zurückkehren oder bleiben wollte, um die Neue Erde zu entwickeln. Impulsiv entschloß er sich zum Bleiben. Zwei Drittel seines technischen Personals trafen die gleiche Wahl. Am Tag nach der Landung der *Beaudry* hob die *Blauelm* ab, um zum Blauen Stern zurückzukehren.

Dieser Tag war in verschiedener Hinsicht bemerkenswert. Er war ein Wendepunkt in Bernistys Leben. Vom einfachen Forscher wurde er zum hochspezialisierten Meisterökologen, und sein Prestige wuchs. Um diese Zeit nahm die Neue Erde auch das Gesicht eines bewohnbaren Planeten an und war nicht mehr die kahle Masse aus Stein und Gasen. Die Basispflanzen der Lößebene hatten sich zu einer grünfleckigen See entwickelt, die mit Flechten durchsetzt und gepolstert war. Alles näherte sich der ersten Samenbildung. Die Flechten hatten ihre Sporen schon drei- oder viermal abgeworfen. Die Atmosphäre ließ noch keine merkbare Veränderung erkennen; sie war noch immer ein Gemisch aus Kohlendioxid, Methan, Ammoniak, mit Spuren von Wasserdampf und inerten Gasen, aber die Ausbreitung der Vegetation machte geometrische Fortschritte, wenn sie auch im Verhältnis zur gesamten Landmasse noch recht gering erschien.

Ein sehr wichtiges Ereignis dieses Tages war Kathryns Erscheinen. Sie kam in einem kleinen Raumboot und landete so grob, daß daraus entweder auf große körperliche

Schwäche oder auf sehr wenig Geschicklichkeit zu schließen war. Bernisty beobachtete die Ankunft des Bootes vom Promenadendeck der *Beaudry* aus. Berel stand neben ihm.

„Ein Kay-Boot", flüsterte Berel.

Bernisty warf ihr einen erstaunten Blick zu. „Was sagst du da? Das kann doch auch ein Boot von Alvan oder Kanopus oder vom System Craemer sein, oder auch von Copenhag. Woher willst du wissen, daß dies ein Kay-Schiff ist?"

Aus dem Boot stolperte eine junge Frau. Selbst aus dieser Entfernung war zu erkennen, daß sie sehr schön war, etwa aus der leichten Grazie ihrer Bewegungen ... Sie trug einen Kopfhelm, sonst aber wenig. Bernisty spürte, wie Berel sich versteifte. Eifersucht? Sie war nicht eifersüchtig, wenn er sich mit anderen Spielmädchen amüsierte.

„Sie ist eine Spionin von Kay", sagte Berel mit kehliger Stimme. „Schick sie weg!" Bernisty setzte sich schon seinen Helm ab. Wenig später ging er über die staubige Ebene der jungen Frau entgegen, die sich in den Wind stemmte.

Bernisty blieb stehen und musterte sie. Was ihre Gestalt betraf, war sie zierlicher gebaut als die meisten Frauen vom Blauen Stern. Sie hatte sehr dichtes, schwarzes Lokkenhaar, eine blasse Haut mit der leichten Transparenz von altem Pergament und große dunkle Augen.

Bernisty steckte ein Klumpen in der Kehle; ein Gefühl ehrfürchtigen Staunens und des Beschützenwollens ergriff von ihm Besitz, wie es Berel oder irgendeine andere Frau noch nie in ihm wachgerufen hatte. Er spürte auch Berels Feindseligkeit; er und die fremde Frau ebenso.

„Sie ist eindeutig eine Spionin! Schick sie weg, Bernisty!" forderte Berel.

„Frag sie, was sie will", bat Bernisty.

„Ich spreche die Sprache vom Blauen Stern", sagte die Frau. „Du kannst mich also selbst fragen, Bernisty."

„Schön. Wer bist du? Was willst du hier?"

„Ich heiße Kathryn. Ich bin eine Verbrecherin und meiner Strafe entkommen. Ich floh in diese Richtung."

„Sie ist eine Kay", beharrte Berel.

„Komm", forderte Bernisty sie auf. „Ich will dich genauer sehen."

Im Wachraum der *Beaudry* erzählte sie ihre Geschichte. Die ganze Besatzung fast drängte sich im Raum zusammen. Sie sagte, sie sei die Tochter eines kirkassischen Freihalters.

„Was ist das?" fragte Berel skeptisch.

„Einige der Kirkassen haben noch ihre Festungen in den Keviot-Bergen; das ist ein Stamm, der von alten Briganten abstammt."

„Dann bist du also eine Briganten-Tochter?"

„Mehr. Ich bin Verbrecherin aus eigenem Recht", erklärte sie sanft.

Bernisty vermochte seine Neugier nicht mehr zu zähmen. „Mädchen, was hast du getan?"

„Ich beging eine . . ." Sie sagte ein Wort, das Bernisty nicht verstand, und Berel sah drein, als wisse sie damit auch nichts anzufangen. „Danach schlug ich einem Priester einen Weihrauchkessel auf den Kopf. Wäre ich reuig gewesen, hätte ich meine Strafe abgesessen. Da ich es nicht war, floh ich hierher."

„Unglaublich!" bemerkte Berel angewidert.

„Man hält dich offensichtlich für eine Kay-Spionin", sagte Bernisty amüsiert. „Was meinst du dazu?"

„Ob ich es bin oder nicht – ich leugne es jedenfalls ab."

„Gut. Du leugnest es ab."

Kathryns Gesicht verzog sich, sie brach in fröhliches Gelächter aus. „Nein, ich gebe es zu. Ich bin eine Kay-Spionin."

„Ich wußte es doch! Ich . . ."

„Schweig, Frau, fuhr Bernisty Berel an. Er wandte sich wieder Kathryn zu. „Du gibst also zu, eine Spionin zu sein?"

„Glaubst du mir?"

„Bei den Bullen von Bashan – ich weiß nicht, was ich glaube!"

„Sie ist gerissen und voll Schläue!" rief Berel. „Sie zieht dir Spinnweben vor die Augen."

„Ruhig!" donnerte Bernisty. „Ich bin doch selbst nicht ganz dumm ..." Er sagte zu Kathryn: „Nur eine Irre gibt zu, eine Spionin zu sein."

„Vielleicht bin ich eine Irre", antwortete sie ruhig.

Bernisty streckte die Hände aus. „Schön, wo liegt schon der Unterschied? Geheimnisse gibt es hier sowieso nicht. Wenn du spionieren willst, dann tu es so offen oder heimlich, wie du willst. Suchst du Zuflucht, dann hast du sie schon, denn du stehst hier auf dem Territorium des Blauen Sternes."

„Bernisty, meinen Dank."

3.

Bernisty machte Flüge mit Broderick, dem Karthographen; sie nahmen die Neue Erde auf, photographierten, forschten und inspizierten sie ganz allein. Die Landschaft war überall gleich – eine öde, narbige Oberfläche wie die Innenseite eines ausgebrannten Trockenofens. Überall windverblasene Lößebenen und schroffe Felsen.

Broderick stieß Bernisty an. „Schau mal."

Bernisty schaute und sah unten auf der Wüste drei noch schwach erkennbare, aber unmißverständliche Vierecke, große Gebiete zerfallender Steine, die über den Sand verstreut waren.

„Das sind entweder die riesigsten Kristalle, die das Universum jemals produzierte, oder wir sind nicht die erste intelligente Rasse, die ihren Fuß auf diesen Planeten setzt", bemerkte Bernisty.

„Wollen wir landen?"

Bernisty musterte die Vierecke durch das Teleskop. „Es ist so wenig zu sehen ... Überlassen wir's lieber den Archäologen. Ich lasse ein paar vom Blauen Stern kommen." Unterwegs zum Schiff rief er plötzlich: „Halt!"

Sie setzten das Forschungsboot auf den Boden. Bernisty stieg aus und musterte befriedigt einen Flecken grünbrauner Vegetation: Grundpflanzen 6-D, mit symbiotischen Flechten durchsetzt, die den Pflanzen Sauerstoff und Wasser zuführten.

„Noch sechs Wochen, und die Welt wird überquellen von diesem Zeug", bemerkte er.

Broderick besah sich ein Blatt genauer. „Was ist dieser rote Fleck hier?"

Bernisty runzelte die Stirn. „Roter Fleck? Sieht wie Rost aus. Ein Pilz."

„Ist denn das gut?"

„Nein, natürlich nicht. Es ist sogar sehr schlecht ... Ich kann es nicht verstehen. Dieser Planet war steril, als wir ankamen."

„Vielleicht aus dem Raum herangewehte Sporen", vermutete Broderick.

Bernisty nickte. „Oder aus Raumbooten. Komm, kehren wir zum Schiff zurück. Du hast die Stelle genau eingezeichnet?"

„Auf den Zentimeter genau."

„In Ordnung. Diese Kolonie werde ich ausrotten." Bernisty verbrannte den Grund und vernichtete damit diesen Fleck, auf den er so stolz gewesen war. Schweigend kehrten sie zum Schiff zurück und sahen unter sich die Ebene, die nun mit ihrem dichten Blattwerk grünfleckig aussah. Ehe er zur *Beaudry* zurückkehrte, lief er zum nächsten Busch und besah sich genau die Blätter. „Hier nichts ... da auch nichts ..."

„Bernisty!"

Der Botaniker kam ihm entgegen; sein Gesicht war sehr

ernst. Da sank Bernisty das Herz in die Schuhe. „Ja?“ fragte er.

„Da war jemand unentschuldbar nachlässig. Rost vernichtet die ganze Vegetation.“

Da riß es Bernisty herum. „Hast du ein Muster davon?“

„Wir arbeiten im Labor schon an einem Gegenmittel.“

„Gut ...“

Aber der Rost hatte ein zähes Leben. Es war gar nicht einfach, ihn zu vernichten und die Grundpflanzen und die Flechten dabei nicht zu schädigen. Ein Muster nach dem anderen an Viren, Hefepilzen, Pflanzengiften und allen möglichen Dingen wurde ausprobiert und nützte nichts. Alles wurde nacheinander im Ofen verbrannt. Die Farbe der Grundpflanzen veränderte sich von Braun-Grün zu Rot-Grün, dann zur Jod-Farbe, und der stolze Bewuchs fiel zusammen und verrottete.

Bernisty schlief nicht mehr, fluchte und trieb seine Techniker an. „Ihr nennt euch Ökologen?“ schimpfte er. „Eine einfache Aufgabe, den Rost zu vernichten, aber ihr Pfuscher bringt das nicht zustande! Gebt mir mal diese Kultur dort!“ Baron reichte ihm die Kulturscheibe; der Mann war selbst gereizt und hatte entzündete Augen.

Endlich fand man eine Kultur von schleimigen Schimmel, und zwei Tage später hatte man die Wirkstoffe isoliert und Kulturen davon angesetzt. Nun war die Grundvegetation völlig verrottet, und die Flechten lagen herum.

Im Schiff herrschte fieberhafte Tätigkeit. Kulturgefäße standen im Labor herum, sogar in den Korridoren. Träger mit Sporen trockneten im Salon, im Maschinenraum, in der Bibliothek.

Da fiel ihm Kathryn wieder auf, als er ihr zusah, wie sie trockene Sporen und Verteilerschachteln auskratzte. Er spürte, wie sie ihre Aufmerksamkeit ihm zuwandte, doch er war zu müde, um zu reden. Er nickte nur, drehte sich um und begab sich zum Labor.

Man verstreute den Schleimschimmel, doch es war zu

spät. „Na, gut“, sagte Bernisty, „dann müssen wir also noch einmal die Grundpflanzen 6-D aussäen. Diesmal kennen wir die Gefahr und haben auch schon die Mittel, uns davor zu schützen.“

Die neue Saat ging auf, auch von der alten erholte sich einiges. Als der Schleimschimmel keinen Rost mehr fand, verschwand er, bis auf ein paar Mutanten, die nun die Flechten angriffen. Eine Weile schien es, als seien diese Sporen ebenso gefährlich wie der Rost, aber im Katalog der *Beaudry* war ein Virus angeführt, das den Schleimschimmel angriff. Man streute es aus, und der Schimmel verschwand.

Bernisty war aber noch immer richtig verärgert. Vor der gesamten Crew sagte er: „Statt mit drei Trägern haben wir es jetzt mit sechsen zu tun; gegen die beiden Flechten und die Grundvegetation haben wir den Rost, den Schleimschimmel und das Virus. Je mehr Leben, desto schwerer ist es zu kontrollieren. Ich betone ausdrücklich noch einmal, wie unerläßlich äußerste Sorgfalt und absolute Antisepsis sind.“

Trotz aller Vorsicht erschien der Rost wieder, diesmal in einer schwarzen Abart. Aber Bernisty war bereit. Innerhalb von zwei Tagen war das Gegenmittel ausgesät. Der Rost verschwand, die Vegetation gedieh. Der ganze Planet war nun mit einem braun-grünen Teppich bedeckt. An verschiedenen Stellen erreichte die Vegetation eine Höhe von mehr als zehn Metern, kletternd, einander umschlingend, Stengel an Stengel, Blatt an Blatt. Die Granitfelsen wurden davon übersponnen, sie hing in Girlanden über Abgründen. Und Tag für Tag wurden Tonnen von Kohlendioxid zu Sauerstoff, Methan zu Wasser und noch mehr Kohlendioxid.

Bernisty beobachtete angestrengt die atmosphärischen Veränderungen. Eines Tages stieg der Anteil von Sauerstoff in der Luft von „kaum wahrnehmbar“ auf „Minimalspuren“. An diesem Tag verkündete er einen allgemeinen

Feiertag und gab der Besatzung ein Bankett. Auf dem Blauen Stern war es eine formelle Sitte, daß Männer und Frauen getrennt speisten, denn der Anblick offener Münder galt als unanständig. Bei dieser Gelegenheit pflegte man jedoch Kameradschaft und Festlichkeit, und Bernisty, der weder besonders schamhaft noch feinfühlig war, befahl, diesmal die Sitte zu vergessen. Als das Bankett begann, herrschte also schon eine recht ausgelassene Stimmung.

Götterblut und Alkohol flossen reichlich beim Bankett, die Fröhlichkeit wurde immer hemmungsloser. Neben Bernisty saß Berel. Sie hatte zwar seine Couch auch in den zurückliegenden fiebrigen Wochen geteilt, doch sie wußte, daß seine Aufmerksamkeit unpersönlich war. Sie war nichts als nur ein Spielmädchen. Als sie bemerkte, daß seine Augen selbstvergessen an Kathryns vom Wein gerötetem Gesicht hingen, war sie den Tränen nahe.

„Das darf nicht sein“, murmelte sie vor sich hin. „In ein paar Monaten bin ich kein Spielmädchen mehr, sondern Studentin. Ich tu mich mit dem zusammen, der mir gefällt. Ganz gewiß wähle ich nicht diesen egoistischen, brutalen Kerl, diesen treulosen Bernisty!“

Auch Bernistys Geist wurde von merkwürdigen Gefühlen beherrscht. Berel ist angenehm und gutherzig, überlegte er, aber Kathryn! Dieses Temperament! Diese Ausstrahlung! Wenn er fühlte, daß sie ihn anschaute, wurde er verlegen wie ein Schuljunge.

Broderick, der Kartograph, war schon ziemlich betrunken. Er griff nach Kathryns Schulter und zog sie zurück, um sie zu küssen. Sie riß sich von ihm los und warf Bernisty einen sehnsüchtigen Blick zu. Das genügte. Bernisty war sofort neben ihr, hob sie auf und trug sie zu seinem Stuhl. Er hoppelte noch immer mit seinen verbrannten Füßen. Ihr Parfüm machte ihn ebenso trunken wie der Wein. Berels wütendes Gesicht bemerkte er kaum.

Nein, das darf nicht sein, überlegte Berel verzweifelt,

und da fiel ihr etwas ein. „Bernisty", flüsterte sie und zupfte an seinem Ärmel. „Bernisty!"

Er drehte sich zu ihr um. „Ja?"

„Der Rost . . . Ich weiß, wie er auf das Grünzeug kam."

„Der kam als Sporen aus dem Raum."

„Ja, in Kathryns Raumboot! Sie ist keine Spionin, sondern eine Saboteurin." Aber selbst in ihrem Zorn mußte Berel die ruhige Unschuld von Kathryns Gesicht bewundern. „Sie ist eine Kay-Agentin, eine Feindin!"

„Ah, Bah", murmelte Bernisty verlegen. „Weibergeschwätz."

„Wirklich? Weibergeschwätz?" schrie Berel. „Und was passiert jetzt, während du feierst und mit ihr zärtelst?" Sie deutete mit dem Finger, an dem die Metallblüte zitterte. „Dieser Besen!"

„Ich . . . verstehe nichts . . ." Bernisty schaute von einem Mädchen zum anderen.

„Während du dich als Herr aufspielst, säen die Kay Unheil und Verderben aus!"

„Eh? Was soll das heißen?" Er schaute von Berel zu Kathryn und kam sich selbst plötzlich recht ungeschickt und plump vor. Kathryn rutschte auf seinen Knien herum. Ihre Stimme klang unbekümmert, doch ihr Körper hatte sich versteift. „Wenn du das glaubst, mußt du dein Radar und die Sichtluken überprüfen."

„Ah, Unsinn", meinte Bernisty beruhigt.

„Nein, nein!" schrie Berel. „Sie will dich nur in falscher Sicherheit wiegen!"

Bernisty knurrte Bufco an. „Sieh das Radar nach." Dann stand er auf. „Ich komme mit."

„Aber du glaubst doch nicht wirklich . . .", wandte Kathryn ein.

„Ich glaube gar nichts, bevor ich die Radarstreifen sehe."

Bufco legte den Schalter um und stellte den Sichtschirm

scharf ein. Ein winziger Lichtklecks erschien. „Ein Schiff!“

„Kommt oder geht es?“

„Es entfernt sich.“

„Wo sind die Bänder?“

Bufco ließ sie abrollen. Bernisty beugte sich darüber. „Hmpf“, machte er.

Bufco sah ihn fragend an. „Was ist?“

„Komisch. Das Schiff ist eben erst gekommen und hat fast sofort wieder abgedreht, ist direkt von der Neuen Erde geflohen.“

Bufco studierte die Bänder. „Das war vor genau vier Minuten und dreißig Sekunden. Als wir den Salon verließen.“

„Ich weiß nicht, was ich denken soll ...“

„Es sieht fast so aus, als hätten sie eine ... Warnung bekommen.“

„Aber wie? Von wem und von wo aus?“ Bernisty zögerte. „Natürlicherweise fällt der Verdacht auf Kathryn.“

Bufcos Augen glitzerten. „Was willst du mit ihr tun?“

„Ich sagte ja nicht, daß sie auch schuldig ist, ich meinte nur, normalerweise fällt der Verdacht auf sie ...“ Er schob die Spule wieder in das Sichtgerät. „Mal sehen, was da passiert ist ... Welch neuer Unfug da ...“

Kein Unfug war zu entdecken. Der Himmel war klar und gelblich-grün, die Vegetation wuchs recht üppig.

Bernisty gab Blandwick einige Instruktionen; dieser flog sofort im Beiboot weg und kam eine Stunde später mit einem Seidensäckchen zurück. „Ich weiß nicht, was das ist“, sagte Blandwick.

„Es muß etwas Schlechtes sein.“ Bernisty nahm das Seidensäckchen mit ins Labor und sah zu, als die zwei Botaniker, die zwei Mykologen und die vier Entomologen den Inhalt des Säckchens studierten.

Der Entomologe identifizierte das Material. „Das sind

Eier von winzigen Insekten. Nach der Genzählung und dem Diffraktionsmuster eine Milbenart."

Bernister nickte. Säuerlich schaute er die Männer an. „Muß ich euch sagen, was ihr zu tun habt?"

„Nein."

Bernisty kehrte in sein Privatbüro zurück und schickte nach Berel. „Wie wußtest du, daß ein Kay-Schiff am Himmel war?" fragte er ohne Umschweife.

Berel schaute ihn trotzig an. „Ich wußte es nicht. Nur vermutet habe ich es."

„Ja", meinte Bernisty nachdenklich. „Du hast von deinen intuitiven Fähigkeiten gesprochen."

„Das war keine Intuition", erwiderte Berel zornig, „sondern reine Vernunft. Es ist klar. Eine Kay-Frau-Spionin erscheint. Die Ökologie bricht sofort zusammen. Roter Rost und schwarzer Rost. Der Rost wird besiegt, man feiert, man ist erleichtert. Gibt es eine bessere Zeit, eine neue Pest auszusäen?"

Bernisty nickte. „Richtig . . . Keine bessere Zeit . . ."

„Und welche Art Pest ist es diesmal?"

„Pflanzenläuse. Milben. Ich denke, die besiegen wir, ehe sie sich ausbreiten."

„Und was weiter?"

„Wenn uns die Kay schon nicht verjagen können, wollen sie wohl erreichen, daß wir uns zu Tode arbeiten. Und ich sehe nicht, wie wir sie daran hindern könnten, es mindestens zu versuchen. Es ist sehr leicht, eine Pest zu züchten, aber sehr schwer, sie wieder zu vernichten."

Banta, der Entomologe, kam mit einem Glasröhrchen herein. „Da ist etwas, frisch ausgebrütet."

„Was? Schon?"

„Wir haben die Sache ein bißchen beschleunigt."

„Können die Dinger denn in dieser Atmosphäre leben? Es gibt hier zuwenig Sauerstoff, zuviel Ammoniak."

„Das atmen sie jetzt auch."

Bernisty besah sich das Röhrchen. „Und diese Biester fressen unsere schöne Vegetation."

Berel schaute ihm über die Schulter. „Was können wir dagegen tun?"

Banta sah recht zweifelnd drein. „Die natürlichen Feinde sind gewisse Parasiten, Viren, Libellen und eine kleine Panzerstechmücke, die sich ungeheuer schnell vermehrt. Ich denke, auf die werden wir uns auch konzentrieren. Wir sind schon dabei, eine Auswahlzucht vorzunehmen, um eine Art zu finden, die in dieser Atmosphäre leben kann."

„Gute Arbeit, Banta", lobte ihn Bernisty und stand auf.

„Wohin gehst du jetzt?" fragte Berel.

„Ich möchte das Wachstum nachprüfen."

Sie kam mit. Draußen schaute Bernisty weniger das Grünzeug an, sondern blickte in den Himmel hinauf. „Siehst du dieses winzige Wölkchen da oben? Das sind nur ein paar verstreute Eiskristalle . . . Aber es ist ein Beginn. Unser erster Regen – wird das ein Ereignis werden!"

„Vorausgesetzt, das Methan und der Sauerstoff explodieren nicht und schicken uns alle in die ewigen Jagdgründe."

„Ja, ja", murmelte Bernisty. „Wir müssen neue Methanophile einsetzen."

„Und wie willst du all das Ammoniak loswerden?"

„Da gibt es eine Marschpflanze von Salsiberry, die unter den richtigen Bedingungen folgende Gleichung schafft: $12NH_3+9\ 0_2 = 18\ H_20+6\ N_2$."

„Zeitverschwendung, würde ich sagen", bemerkte Berel. „Was willst du damit gewinnen?"

„Eine Mißgeburt, würde ich sagen. Was gewinnen wir, wenn wir lachen? Auch nur eine Mißgeburt?"

„Lachen? Das ist ein vergnüglicher Unnutzen."

Bernisty besah sich die Vegetation. „Schau mal, hier. Unter diesem Blatt." Er zeigte ihr die Milben, winzige, langsame gelbe Blattlausdinger.

„Wann werden die Panzerstechmücken soweit sein?“

„Banta läßt die Hälfte seines Bestands frei. Vielleicht fressen sie in der Freiheit schneller als im Labor.“

„Weiß Kathryn von diesen Stechmücken?“

„Du zielst immer noch auf sie, was?“

„Ich halte sie für eine Spionin.“

Bernisty meinte: „Ich kann mir nicht vorstellen, wie eine von euch beiden mit diesem Kay-Schiff Verbindung aufgenommen haben könnte. Jemand hat es gewarnt und verscheucht. Kathryn ist die logischerweise Verdächtige, aber du wußtest, daß das Schiff da war.“ Da drehte sich Berel abrupt um und kehrte zum Schiff zurück.

4.

Die Panzerstechmücken schienen die Milben zu bekämpfen. Erst nahm die Zahl der beiden zu, dann verringerte sie sich. Danach wurde das Grünzeug immer höher und dichter und kräftiger. Nun gab es in der Luft auch schon Sauerstoff, und die Botaniker säten ein Dutzend neue Arten aus, Breitblätter, die Sauerstoff erzeugten; Nitrogen-Fixer, die das Ammoniak absorbierten; Methanophile von den jungen, methanreichen Welten, die Sauerstoff mit Methan vereinten und zu großartigen weißen Türmen heranwuchsen, die wie geschnitztes Elfenbein aussahen.

Bernistys Füße waren wieder in Ordnung, zwar eine Nummer größer als vorher, so daß er seine abgetragenen, bequemen Stiefel gegen ein neues Paar aus steifem Leder vertauschen mußte.

Kathryn half ihm spielerisch dabei, seine Füße in diese Stiefel zu stopfen. Er sagte zu ihr beiläufig: „Kathryn, ich denke schon die ganze Zeit darüber nach, wie du die Kay gerufen hast!“

Sie erschrak und sah ihn mit ihren großen, unschuldigen

Augen entsetzt und mitleidheischend an. Wie ein gefangenes Kaninchen schaute sie drein. Doch dann lachte sie. „So wie du's auch tust, mit meinem Mund", antwortete sie.

„Wann?"

„Oh, jeden Tag. Ungefähr um diese Zeit."

„Da möchte ich dir einmal zuschauen."

„Kannst du." Sie schaute zum Fenster und sprach in der vokalreichen, klingenden Sprache der Kay.

„Was hast du gesagt?" fragte er höflich.

„Ich sagte, die Milben waren Versager. An Bord der *Beaudry* sei die Moral sehr gut. Du seist ein großer Führer, ein wundervoller Mann."

„Aber du hast keine weiteren Schritte empfohlen."

Sie lächelte. „Ich bin keine Ökologin, weder konstruktiv noch destruktiv."

„Na, schön." Endlich stand er in seinen Stiefeln. „Wir werden ja sehen."

Am nächsten Tag bewiesen die Radarbänder die Anwesenheit von zwei Schiffen; sie hatten ganz kurz Besuch gemacht, aber „lang genug, um ihre verderbliche Ladung abzusetzen", bemerkte Bufco.

Die Ladung erwies sich als eine größere Menge Eier einer sehr wilden blauen Wespenart, die sich auf die Panzerstechmücken stürzte. Die Mücken verschwanden, die Milben nahmen zu, das Grünzeug begann unter den zahllosen Saugrüsseln zu welken. Um gegen die Wespen anzugehen, entließ Bernisty einen Schwarm federiger blauer Flugbänder. Die Wespen brüteten in einem sonderbaren kleinen, braunen Knallpilz, dessen Sporen zusammen mit den Wespenlarven abgesetzt worden waren. Die Wespen hatten keinen Schutz mehr für ihre Larven und verdarben. Die Stechmücken nahmen erneut zu und fraßen sich dick und fett an den Milben.

Die Kay griffen nun in großem Maßstab an. Drei riesige Schiffe kamen nachts und luden einen ganzen Hexenkessel von Reptilien, Insekten, Arachniden, Landkrabben, und ein Dutzend Tierarten oder Klassifikation ab. Die Hilfsquellen des Schiffes reichten für eine solche Herausforderung nicht mehr aus, es gab viele Versager, Insektenstiche und dergleichen, und einer der Botaniker zog sich ein pulsierendes weiß-blaues Gangrän vom Stich eines Giftdorns zu.

Die Neue Erde war nun nicht mehr eine milde Region von Grundgewächsen, Flechten und staubbeladenem Wind, sondern ein phantastischer Dschungel. Insekten bekriegten einander in der Blattwildnis, es gab lokale Spezialitäten und die unglaublichsten, anpassungsfähigsten Mutationen. Es gab Spinnen und Eidechsen so groß wie Katzen, Skorpione, die wie Glocken läuteten, wenn sie liefen, langbeinige Hummer, giftige Schmetterlinge und eine Spezies Riesenmotten, denen die neue Umwelt so gut gefiel, daß sie noch riesiger wurden.

In der *Beaudry* wurde man immer mutloser. Bernisty hinkte die Promenade entlang, wenn auch das Hinken weniger körperlich, sondern eher psychologisch bedingt war. Für ein einziges Gehirn war das Problem zu schwierig, sogar für eine ganze Gruppe fähiger menschlicher Gehirne. Die vielen Lebensformen auf dem Planten entwickelten sich, mutierten, füllten Lücken aus, wählten ihre „Bestimmungen und Aufgaben“ neu – und das alles so regellos, daß ein Computer nicht mehr mit ihnen Schritt halten konnte.

Blandwick, der Meteorologe, kam mit seinem täglichen Atmosphärenbericht die Promenade entlang. Für Bernisty war es ein melancholisches Vergnügen, immer wieder festzustellen, daß sich Sauerstoff- und Wassergehalt der Atmosphäre kaum verbesserten oder verschlechterten, aber, meinte Blandwick, „in diesen Knospen, Blättern und Parasiten sind unglaubliche Wassermengen vorhanden.“

Bernisty schüttelte den Kopf. „Nützt uns nichts, denn

dieses Ungeziefer frist die Vegetation viel schneller weg, als wir es vernichten können."

„Die Kay folgen aber keinem klaren Muster", meinte Blandwick.

„Nein, sie werfen nur alles ab, was sie für schädlich halten."

„Warum wenden wir nicht die gleiche Technik an? Statt fieberhaft an Gegenmitteln zu arbeiten, könnten wir unser ganzes biologisches Programm bei ihnen ablaufen lassen. Nach der Schrottechnik."

Bernisty hinkte ein paar Schritte weiter. „Nun ja, warum nicht? Die Gesamtwirkung könnte segensreich sein . . . Und sicher weniger zerstörerisch als das, was jetzt hier vorgeht . . . Natürlich läßt sich nichts voraussagen, und das widerspricht eigentlich meiner Logik."

Blandwick schniefte. „Nichts von unseren bisherigen Gewinnen hatte sich voraussagen lassen."

Bernisty lachte nach einem Moment der Gereiztheit, denn Blandwicks Bemerkung war ungenau. Hätte sie gestimmt, so wäre die Verstimmung berechtigt gewesen.

„Na, schön, Blandwick", meinte er wohlwollend. „Wir schießen also auch ein Feuerwerk ab. Gelingt es, dann wird die erste Siedlung Blandwick heißen."

„Hmpf", machte der Pessimist Blandwick, und Bernisty ging, um die nötigen Befehle zu erteilen.

Nun war jeder Tank, jede Röhre, jeder Kulturenbehälter, Inkubator, Träger und Ständer im Labor voll. Als deren Inhalte so weit an die immer noch sehr stickstoffreiche Atmosphäre angepaßt waren, um einen Versuch wagen zu können, lud man sie ab: Sporen, Pflanzen, Schimmel, Bakterien, Krabbeldinger, Insekten, Ringelwürmer, Krebstiere, Landfische, sogar ein paar primitive Säugetiere, insgesamt Lebensformen von drei Dutzend verschiedenen Welten. Wo früher die Neue Erde ein Schlachtfeld gewesen war, wurde sie jetzt zum Irrenhaus.

Eine Palmenart war so erfolgreich, daß sie innerhalb

von zwei Monaten die ganze Landschaft überragte. Zwischen ihnen hingen Schleier seltsamer in der Luft schwebender Gewebe, die von fliegenden Wesen lebten. Unter den Ästen, den Dornenranken wurde viel getötet, viel gebrütet, viel gefressen, gewachsen, gekämpft, geflattert und gestorben. Bernisty an Bord des Schiffes freute sich und lachte wieder wohlwollend.

Er klatschte Blandwick auf den Rücken. „Wir nennen nicht nur eine Stadt nach dir, wir setzen einem ganzen System der Philosophie deinen Namen voran – die Blandwick-Methode."

Blandwick ließ sich dadurch nicht aufheitern. „Trotz dieser Blandwick-Methode haben die Kay noch immer ein Wort mitzureden."

„Was können sie schon tun? Kreaturen freilassen, die aber auch nicht gefräßiger und einzigartiger sind als die unseren. Alles, was die Kay jetzt auf die Neue Erde schikken, wird schon von einer Abwehr empfangen."

„Glaubst du, die geben so leicht auf?" fragte er säuerlich.

Da fühlte sich Bernisty nicht mehr ganz behaglich und suchte Berel auf. „Na, Spielmädchen, was sagt dir deine Intuition jetzt?" wollte er wissen.

„Sie sagt mir", schnappte sie zornig, „daß die Kay immer dann die vernichtendsten Ideen haben, wenn du am optimistischsten bist."

„Und wann werden diese nächsten Angriffe kommen?" fragte er.

„Frag doch diese Spionin. Sie erzählt doch jedem ihre Geheimnisse."

„Na, schön. Dann such sie mal, bitte, und schick sie zu mir."

Kathryn erschien. „Ja, Bernisty?"

„Ich bin neugierig. Was teilst du den Kay mit?"

Kathryn sagte: „Daß Bernisty gegen sie kämpft und ihren schlimmsten Drohungen begegnet."

„Und was sagen sie dir? Was empfiehlst du ihnen?"

„Sie sagen mir nichts, und ich empfehle ihnen, sie sollten entweder in einem massiven Schlag gewinnen, oder damit aufhören."

„Wie sagst du ihnen das?"

Kathryn lachte, daß ihre hübschen Zähne blitzten. „Ich spreche mit ihnen so, wie jetzt mit dir."

„Wann werden sie zuschlagen?"

„Ich weiß nicht ... Mir scheint, sie sind längst überfällig. Meinst du nicht auch?"

„Ja", gab Bernisty zu und sah, daß Bufco sich näherte.

„Kay-Schiffe", meldete er. „Ein rundes Dutzend, Riesentonnen! Sie haben eine Runde geflogen und sind wieder weg."

„Das wär's also", sagte Bernisty und wandte sich Kathryn zu. Sie begegnete seinem kalt überlegenden Blick mit einem verdrossenen Lächeln.

5.

Innerhalb von drei Tagen war jedes lebende Ding auf der Neuen Erde tot. Nicht nur tot, sondern aufgelöst zu einem grauen, sirupähnlichen Brei, der in die Ebene hineinsank, von den Felsen tröpfelte, sich im Wind forttragen ließ. Die Wirkung war erstaunlich. Wo der junge Dschungel die Ebene bedeckt hatte, war jetzt nur noch Ebene, und schon tanzten wieder die Staubteufel.

Eine Ausnahme bei dieser allgemeinen Auflösung gab es – die monströsen Motten hatten überlebt, ob aus einer unbekannten Ursache heraus oder ihrer chemischen Zusammensetzung wegen, war ungewiß. Im Wind flatterten sie mit, suchten ihre frühere Nahrung und fanden nichts als Wüste.

An Bord der *Beaudry* herrschte Entsetzen, dann folgte

eine Reihe trübseliger Empfindungen, die kein Ventil fanden, bis endlich Bernisty einschlief.

Ein Gefühl des Unbehagens, der Sorge weckte ihn auf. War die Ökologie der Neuen Erde nun total zusammengebrochen? Nein, es ging viel tiefer, war unmittelbarer. Er sprang in seine Kleider und rannte zum Salon. Er war fast voll.

Kathryn saß blaß und verängstigt auf einem Stuhl, hinter ihr stand Banta mit einer Schlinge. Es war eindeutig: Sie sollte damit erwürgt werden, und der Rest der Crew tat mit.

Bernisty zerbrach mit einem Faustschlag Bantas Kieferknochen, mit einem zweiten die Finger der Faust mit der Schlinge. Kathryn schaute schweigend zu ihm hoch.

„Ihr miserablen Renegaten", begann Bernisty, doch er fand auf keinem der Gesichter Verlegenheit, sondern nur Zorn und trotzige Abwehr. „Was geht hier vor?" röhrte er.

„Sie ist eine Verräterin", sagte Berel. „Wir richten sie hin."

„Wie kann sie eine Verräterin sein? Uns hat sie nie Treue versprochen."

„Und sie ist eine Spionin."

Bernisty lachte. „Sie hat doch nie die Tatsache verschwiegen, daß sie mit den Kay spricht. Wie kann sie dann eine Spionin sein?" Niemand gab darauf eine Antwort. Bernisty versetzte Banta einen Fußtritt. „Verschwinde, du verfl . . . Ich will in meiner Crew keine Mörder und keine Lyncher haben, verstanden?"

„Sie hat uns verraten!" schrie Berel.

„Wie kann sie uns verraten? Sie hat nie um unser Vertrauen gebeten, ganz im Gegenteil. Sie sagte offen, daß sie eine Kay ist, und daß sie mit den Kay in Verbindung steht."

„Aber wie?" fauchte Berel. „Sie redet angeblich mit ihnen. Das kann doch nur ein Witz sein."

Bernisty musterte Kathryn. „Soweit ich sie kenne, erzählt sie keine Lügen. Das ist ihre einzige Verteidigung.

Wenn sie sagt, sie spricht mit den Kay, dann tut sie das auch . . .“ Er wandte sich an den Arzt. „Bringt ein Infraskop.“

Das Infraskop enthüllte merkwürdige schwarze Schatten in Kathryns Körper. Neben der Kehle befand sich ein kleiner Knopf. Vor dem Zwerchfell hatte sie zwei flache, schmale Behälter. Unter der Haut ihrer Beine liefen Drähte entlang.

„Was ist das?“ fragte der Arzt staunend.

„Körperradio“, erklärte Bufco. „Der Knopf nimmt ihre Stimme auf, die Drähte in den Beinen sind die Antennen. Gibt es noch eine bessere Ausrüstung für einen Spion?“

„Sie ist keine Spionin!“ bellte Bernisty. „Der Fehler liegt nicht bei ihr, sondern bei mir! Sie hat es mir gesagt. Hätte ich sie gefragt, wie ihre Stimme zu den Kay gelangt, hätte sie mir das auch gesagt, offen und ehrlich. Ich habe sie nie gefragt, denn ich hielt das alles für ein Spiel. Bringt doch mich um, wenn ihr einen erwürgen müßt, nicht sie. Ich bin der Verräter. Wenn auch unbewußt.“

Bernisty wandte sich um und ging hinaus, andere folgten. „Nun, was willst du jetzt tun?“ fragte er Kathryn. „Dein Abenteuer ist doch ein voller Erfolg.“

„Ja, ein Erfolg“, antwortete sie, ging zur Schleusenkammer, setzte ihren Helm auf und öffnete das Doppelschloß. Sie trat auf die tote Ebene hinaus.

Bernisty sah ihr von einem Fenster aus zu. Wohin wollte sie gehen? Nirgendwohin . . . Sie ging wie jemand, der in die Brandung schreitet, um dann hinauszuschwimmen ins Nichts, hinaus, hinaus . . . Über ihr flatterten die Riesenmotten und trieben im Wind.

Kathryn schaute auf. Sie krümmte sich zusammen. Eine Motte versuchte, sie zu packen. Sie duckte sich. Der Wind nahm die Motte mit.

Bernisty kaute erst an seinen Lippen, dann lachte er. „Soll doch alles der Teufel holen, Kay, sie alle und alles.“ Er rammte seinen Helm auf den Kopf.

Bufco hielt krampfhaft seinen Arm fest. „Wohin willst du gehen?“

„Sie ist tapfer und standhaft. Warum sollte sie sterben?“

„Sie ist unsere Feindin.“

„Ein tapferer Feind ist mir lieber als ein feiger Freund.“ Er rannte hinaus über den weichen Löß, der jetzt mit verkrustetem Schleim bedeckt war. Die Motten flatterten und stießen herab. Eine hängte sich mit den Widerhaken an ihren Beinen an Kathryns Schulter ein, und sie schlug vergeblich nach dem großen Flatterwesen.

Ein Schatten fiel über Bernisty. Er sah das purpurrote Glitzern großer Augen, eine unpersönliche Visage. Er schwang die Faust, spürte, wie der Panzer zerbrach. Der Schmerz erinnerte ihn daran, daß er sich ja die Hand verletzt hatte, als er Bantas Kiefer zerschlug. Die Motte flatterte auf den Boden, er rannte mit dem Wind davon. Kathryn lag auf dem Rücken, eine Motte hatte sie überfallen, aber ihr Rüssel wurde mit Plastik und Stoffen nicht fertig.

Bernisty rief ihr Mut zu. Ein Schatten schwang sich auf seinen Rücken und riß ihn zu Boden. Er rollte sich herum, stieß mit den Beinen, sprang auf und riß der Motte, die Kathryn angriff, die Flügel aus und zerbrach ihr das Rückgrat. Dann ging er auf die anderen los. Vom Schiff her kam Bufco gerannt, und sein Nadelstrahler holte die Motten vom Himmel. Andere folgten ihm.

Bernisty trug Kathryn zurück zum Schiff und legte sie im Lazarett auf ein Feldbett. „Schneide ihr das Radio heraus!“ befahl er dem Arzt. „Damit sie normal wird. Und wenn sie dann noch Informationen an die Kay durchbringt, verdienen sie's.“

Er fand Berel in seinem Schlafzimmer, in verführerische Schleiergewänder gekleidet, doch sein Blick blieb gleichgültig.

„Und was jetzt?“ fragte sie, ob seiner Gleichgültigkeit verstört.

„Wir fangen noch einmal an.“

„Noch einmal? Wo die Kay so einfach alles vernichten können?“

„Diesmal arbeiten wir anders. Kennst du die Ökologie von Kerrykirk, der Kay-Zentrale?“

„Nein.“

„In sechs Monaten wirst du die Neue Erde als ihr genaues Ebenbild sehen.“

„Das ist doch Irrsinn! Die Kay kennen doch die Seuchen ihrer eigenen Welt am besten.“

„Das ist eben meine Ansicht.“ Bernisty ging zum Lazarett, und der Arzt gab ihm das Körperradio. „Was sind diese kleinen Zwiebeln?“ fragte er verwundert.

„Das sind die Überreder“, erklärte der Arzt. „Sie können leicht zu höchster Leistung gebracht werden.“

„Ist sie wach?“

„Ja.“

Bernisty schaute in ihr blasses Gesicht. „Du hast kein Radio mehr.“

„Das weiß ich.“

„Wirst du noch länger spionieren?“

„Nein. Ich verspreche dir meine Treue und meine Liebe.“

Bernisty nickte, berührte ihr Gesicht und verließ den Raum. Dann erteilte er seine Befehle für den neuen Planeten.

Bernisty bestellte alles mögliche vom Blauen Stern: ausschließlich die Fauna und Flora von Kerrykirk; die setzte er aus, wie die Bedingungen es erforderten. Drei Monate vergingen ohne Ereignisse. Die Pflanzen von Kerrykirk gediehen, die Luft reicherte sich an, die Neue Erde erlebt den ersten Regen.

Kerrykirk-Bäume und Zikaden wuchsen und vermehrten sich. Wachstumshormone machten sie noch größer. Die Ebenen waren nun knietief mit Kerrykirk-Gras bewachsen.

Dann kamen die Kay-Schiffe wieder. Sie fühlten sich offensichtlich recht sicher, doch dann waren sie leicht beunruhigt.

Bernisty grinste und ließ die Amphibien von Kerrykirk hinaus in die ersten Pfützen. Nun kamen die Kay-Schiffe fast regelmäßig, und jedes Schiff brachte noch schlimmere Seuchen und Raubtiere. Die Techniker der *Beaudry* arbeiteten unablässig gegen diese laufenden Invasionen.

Es gab Unzufriedene; die schickte er zum Blauen Stern zurück. Auch Berel ging, denn ihre Zeit als Spielmädchen war um. Bernisty tat es leid, als sie ihm Lebewohl sagte. Als er in seine Wohnung zurückkehrte und Kathryn vorfand, tat es ihm nicht mehr leid.

Die Kay-Schiffe kamen, mit ihnen eine neue Horde gieriger Kreaturen, die das Land verwüsten sollten.

„Wie wird das noch enden?“ jammerten einige von der Crew. „Wir wollen doch lieber diese undankbare Arbeit aufgeben.“

Andere sprachen vom Krieg. „Ist nicht die Neue Erde jetzt schon ein Schlachtfeld?“

Bernisty winkte ab. „Geduld, nur Geduld. Einen Monat noch.“

„Warum noch einen Monat?“

„Versteht ihr denn nicht? Die Ökologen von Kay arbeiten ununterbrochen in ihren Labors, um diese Seuchen auszubrüten.“

Noch ein Monat, noch ein paar Kay-Besuche; ein neuer Regen, der gegen das Leben auf der Neuen Erde eingesetzt wurde.

„Jetzt“, sagte Bernisty.

Die Schiffstechniker sammelten die letzten Ankömmlinge ein, die wirksamsten aller Ladungen. Es waren Züchtungen, die Saaten, die Sporen, die Eier, alles war präpariert und sorgfältig verpackt.

Eines Tages verließ ein Schiff die Neue Erde und flog nach Kerrykirk, und in seinen Frachträumen befanden sich die giftigsten und gefährlichsten Feinde des Lebens von Kerrykirk, die die Wissenschaftler hatten finden können. Mit leeren Frachträumen kam das Schiff zur Neuen Erde zurück. Sechs Monate später sickerten die Nachrichten von den größten Plagen der Geschichte durch die Zensur von Kay.

Während dieser Zeit kamen keine Kay-Besuche zur Neuen Erde. „Und wenn sie klug sind", sagte Bernisty dem ernsten Mann vom Blauen Stern, der gekommen war, um ihn abzulösen, „dann werden sie auch nie mehr wiederkommen. Sie sind für ihre eigenen Seuchen viel zu empfänglich, solange wir die Ökologie von Kerrykirk behalten."

„Schutzfärbung, könnte man sagen", bemerkte der neue Gouverneur der Neuen Erde und lächelte dünn dazu.

„Ja, das könnte man sagen."

„Und was werden Sie tun, Bernisty?"

Da hörten sie ein Summen, das zum Röhren wurde. „Das ist die *Blauelm*", die vom Blauen Stern kommt. Und sie gehört jetzt mir für eine neue Forschung."

„Sie wollen eine neue Neue Erde suchen?" Das dünne Lächeln wurde breiter, denn der Seßhafte fühlt sich dem Wanderer immer überlegen.

„Vielleicht finde ich sogar die Alte Erde . . . Hm . . ."

Die Mondmotte

Das Hausboot war genau nach dem Standard der sirenischen Handwerkskunst gebaut, und das heißt, so vollkommen, wie es vom menschlichen Auge zu erfassen war. Die Planken aus dunklem, poliertem Holz ließen nicht einmal erkennen, wo sie zusammengefügt waren, und alle Verschraubungen bestanden aus Platin, waren versenkt und mit der Oberfläche plan verschliffen. Dem Stil nach war das Boot massiv, breit in der Mitte und so sicher wie die

Küste selbst, ohne jedoch schwerfällig zu wirken. Der Bug wölbte sich wie eine Schwanenbrust, der Steven stieg hoch hinauf und bog sich nach vorwärts, um eine Eisenlaterne zu tragen. Die Türen waren aus Bohlen eines schwarzgrün gefleckten Holzes geschnitzt, die Fenster reichlich unterteilt und mit Glimmer eingesetzt, der rote, blaue, blaßgrüne und violette Muster aufwies. Im Bug waren die Serviceräume und die Sklavenquartiere untergebracht, mittschiffs befanden sich ein paar Schlafkabinen, ein Speisesalon und ein Gesellschaftsraum, von dem aus das Beobachtungsdeck im Heck zugänglich war.

Das war also Edwer Thissells Hausboot, doch der Besitz brachte ihm kein Vergnügen, er war auch nicht stolz darauf, denn das Boot war schon ein wenig schäbig. Die Teppiche hatten die weiche Fülle eingebüßt, die Schnitzereien waren beschädigt, die Buglaterne wies dicken Rost auf. Vor siebzig Jahren hatte der erste Besitzer den Bootsbauer geehrt und sich selbst geehrt gefühlt, und da der ganze Prozeß mehr war als ein Geben und Nehmen, hatte er zum Prestige beider beigetragen. Diese Zeit war längst vorbei, und nun war mit dem Boot kein Prestige mehr verbunden. Edwer Thissell lebte erst seit drei Monaten auf Sirene; die Mängel sah er, konnte sie aber nicht abstellen. Dieses Boot war das beste, was er bekommen konnte. Er saß auf dem hinteren Deck und übte auf der *ganga,* einem zitherähnlichen Instrument, kaum größer als seine Handfläche. Hundert Meter landeinwärts schäumte ein Brandungsstreifen auf den weißen Strand, dahinter war Dschungel vor dem Hintergrund dunkler Felsberge. Mireille hing weiß und etwas vernebelt über ihm, als scheine sie durch dichtes Spinnengewebe. Der Ozean schimmerte wie Perlmutt. Die Szene war ihm schon bis zur Langeweile vertraut, wenn er ihrer auch nicht ganz so überdrüssig war wie der *ganga,* auf der er nun seit zwei Stunden übte und die sirenischen Tonleitern malträtierte. Jetzt legte er dieses Instrument weg und nahm das *zachinko* auf, ein kleines Tonkästchen, das mit Tasten versehen war und mit der rechten Hand gespielt wurde. Drückte man auf diese Tasten, so wurde Luft durch hohle Halme in die Tasten selbst gepreßt, so daß ein Ton wie bei einer Konzertina entstand. Thissell spielte ein halbes Dutzend schneller Tonleitern und machte dabei ein paar Fehler. Von den sechs Instrumenten, die zu lernen er sich zum Ziel gesetzt hatte, erwies sich das *zachinko* als am wenigsten widerspenstig, mit der einen Ausnahme, des *hymerkins* natürlich, dieses klatschenden, klappernden Geräts aus Holz und Stein, das jedoch ausschließlich für die Sklaven benützt wurde.

Thissell übte noch weitere zehn Minuten, dann legte er das *zachinko* weg, streckte die Arme und knetete seine schmerzenden Finger. Seit seiner Ankunft hatte er jeden wachen Moment mit den Instrumenten verbracht: das *hymerkin,* die *ganga,* das *zachinko,* der *kiv,* der *strapan,* das *gomapard* – auf jedem Instrument hatte er zahllose Akkorde, neunzehn Tonleitern und vier Tonarten und Intervalle geprobt, von denen er auf seinen Heimatwelten noch nie gehört hatte, Triller, Arpeggien, Schleifer, Klickpausen und Nasalisation; dazu kamen noch Dämpfen und Erhöhen von Obertönen, Vibratos und Heuler, die sogenannten Wolfstöne, konkave und konvexe Akkorde. Er übte wie besessen und mit einem fast tödlichen Eifer, in dem sein angeborenes Vergnügen an der Musik längst ertrunken war. Wenn er diese Instrumente ansah, hätte er sie am liebsten in hohem Bogen in den Titanic geschleudert.

Er stand auf, ging durch Salon und Speisesalon, an der Kombüse vorbei und kam zum Vorderdeck. Dort beugte er sich über die Reling und schaute hinab in die Unterwasserställe, wo Toby und Rex, die Sklaven, die Drachenfische für die wöchentliche Reise nach Fan anschirrten. Es waren nur acht Meilen. Der jüngste Fisch schien ziemlich verspielt zu sein und duckte sich immer vom Geschirr weg.

Sein schwarzes Maul stieß durch das Wasser, und Thissell sah bestürzt in das Gesicht: der Fisch trug keine Maske!

Thissell lachte ein wenig unbehaglich und fingerte an seiner eigenen Maske herum, der Mondmotte. Kein Zweifel, er paßte sich den Sitten auf Sirene an. Es war bezeichnend, daß er sich beim Anblick des nackten Fischgesichts erschüttert fühlte.

Endlich waren alle Fische angeschirrt. Toby und Rex kletterten an Bord. Ihre roten Körper schimmerten, ihre schwarzen Stoffmasken klebten an ihren Gesichtern. Sie verschlossen den Stall und hoben den Anker. Die Drachenfische legten sich ins Geschirr, das Hausboot bewegte sich vorwärts.

Thissell kehrte zum Achterdeck zurück und nahm den *strapan* wieder auf. Das war ein rundes Instrument von etwa einer Spanne Durchmesser, und von einem Mittelzapfen aus spannten sich sechsundvierzig Saiten zum Rand, wo sie entweder an einem Glöckchen oder einem Klirrstab befestigt waren. Riß man die Saiten an, so klingelten die Glöckchen und klirrten die Stäbe. Wurde das Instrument mit einiger Meisterschaft gespielt, so erzeugte es eine schwirrende und klingelnde Melodie. Die Wirkung der kühlen Dissonanzen war recht eindrucksvoll. Malträtierte das Instrument ein Ungeschickter, so erzeugte es schlicht und einfach nur Lärm. Der *strapan* war Thissells schwächstes Instrument, und er übte während der ganzen Reise nach dem Norden, wenn auch unkonzentriert.

In angemessener Zeit näherte sich das Hausboot der schwimmenden Stadt. Die Drachenfische wurden gezügelt, das Boot an den Ankerplatz geschleppt. Am Dock standen viele Müßiggänger, die das Boot, die Sklaven und Thissell selbst ungeniert kritisierten, wie es auf Sirene Sitte war. Thissell hatte sich daran noch nicht ganz gewöhnt und war leicht aus der Fassung zu bringen, besonders wegen der Unbeweglichkeit der Masken. Verlegen rückte er seine Mondmotte zurecht und kletterte die Leiter zum Dock hoch.

Ein Sklave erhob sich aus der Hocke und berührte den schwarzen Stoff an seiner Stirn. „Die Mondmotte vor mir drückt vielleicht die Identität von Ser Edwer Thissell aus?“ sang er in der Dreitonweise der Frage.

Thissells Finger glitten über das *hymerkin* an seiner Seite und sang: „Ich bin Ser Thissell.“

„Ich fühle mich geehrt“, erwiderte singend der Sklave. „Drei Tage warte ich vom Morgen bis zum Abend am Dock, drei Nächte vom Abend bis zum Morgen lauschte ich auf einem Balken unter diesem Dock den Füßen der Nachtmänner. Endlich erkenne ich die Maske von Ser Thissell.“

Ungeduldig klimperte Thissell auf seinem *hymerkin.* „Was soll dein Warten?“

„Ich habe eine Botschaft, Ser Thissell, sie ist für Euch bestimmt.“

Thissell streckte die linke Hand aus und spielte mit der rechten das *hymerkin.* „Gib mir die Botschaft.“

Sie trug eine dicke Überschrift:

DRINGENDE MITTEILUNG! SEHR EILIG!

Thissell riß den Umschlag auf. Unterzeichnet war die Mitteilung von Castel Cromartin, Leiter des Verwaltungsrats der Interworld Polizei. Nach der formellen Anrede las er:

ABSOLUT DRINGEND sind die folgenden Befehle auszuführen: An Bord der *Carina Cruzeiro,* Bestimmungsort Fan, Ankunft 10. Januar U. Z., ist der berüchtigte Meuchelmörder Haxo Angmark. Sei mit angemessener Autorität am Landeort, sorge für Festnahme und Inhaftierung dieses Mannes. Der Befehl ist erfolgreich auszuführen. Mißerfolg nicht akzeptabel.

ACHTUNG! Haxo Angmark ist überaus gefährlich. Töte ihn ohne Zögern, wenn er Widerstand leistet.

Angewidert musterte Thissell die Mitteilung. Er war als Konsularvertreter nach Fan gekommen und hatte nicht mit solchen Aufträgen gerechnet; auch konnte er mit gefährlichen Meuchelmördern nicht umgehen, mochte es auch nicht. Nachdenklich rieb er die grauhaarige Wange seiner Maske. Nun ja, Esteban Rolver, Direktor des Raumhafens, würde ihm sicherlich helfen und ihm vielleicht einen Trupp Sklaven zur Verfügung stellen.

10. Januar, Universal-Zeit. Er zog seinen Umrechnungskalender zu Rate. Heute, der 40. in der Jahreszeit des Bitteren Nektars . . . Sein Finger ging die Liste entlang. 10. Januar. Heute.

In der Ferne rumpelte es. Aus dem Dunst tauchte ein dunkler Umriß auf. Der Leichter kehrte zurück vom Kontakt mit der *Carina Cruzeiro.*

Thissell las noch einmal die Mitteilung durch und schaute dem sich senkenden Leichter entgegen. In fünf Minuten würde ihm Haxo Angmark entsteigen. Die Landeformalitäten hielten ihn vielleicht zwanzig Minuten auf, doch das Landefeld selbst war eineinhalb Meilen entfernt und nur über eine gewundene schmale Straße durch die Berge zu erreichen.

„Wann kam diese Mitteilung?“ fragte Thissell den Sklaven.

Der gab vor, nicht verstanden zu haben. Das tat er erst, als Thissell zum Klang des *hymerkins* die Frage sang. „Wie lange erfreust du dich schon der Ehre, den Brief in Händen zu halten?“

„Lange Tage habe ich gewartet am Dock“, sang der Sklave, „und nur beim Anbruch der Nacht zog ich mich zurück. Endlich wurde mein Warten belohnt. Ich sehe vor mir Ser Thissell.“

Zornig lief Thissell weg. Diese umständlichen, unfähigen Sirener! Warum hatte man die Botschaft nicht an seinem Hausboot abgeliefert? Noch zweiundzwanzig Minuten . . .

Auf der Esplanade hielt Thissell an und hoffte auf ein Wunder: auf einen Lufttransport, der ihn im Nu zum Raumhafen brachte, wo mit Rolvers Hilfe Haxo Angmark aufgehalten werden konnte. Oder noch besser, ein zweiter Befehl, der den ersten aufhob. Irgend etwas. Aber auf Sirene gab es keine Luftwagen, ein zweiter Bote kam nicht.

Gegenüber an der Esplanade gab es eine dünne Reihe von Dauerbauten aus Stein und Eisen, errichtet gegen die Nachtmenschen. Eines dieser Gebäude bewohnte ein Stallknecht, und Thissell sah auch einen Mann in reicher Silbermaske mit Perlen, der auf einem der eidechsenähnlichen Reittiere von Sirene herauskam.

Noch hatte Thissell etwas Zeit, und mit einigem Glück konnte er Haxo Angmark festnehmen. Er eilte also über die Esplanade.

Der Stallknecht stand vor seinen Tieren und musterte sie, polierte dann und wann eine Schuppe oder verscheuchte ein Insekt. Fünf ausgezeichnete Tiere, alle fast mannshoch, standen da; sie hatten massive Beine und dicke Körper, und ihre Köpfe waren schwer und keilförmig. Die Fangzähne waren künstlich verlängert und zu Kreisen geformt; an ihnen hingen goldene Ringe. Die Schuppen waren mit purpurfarbenen, grünen, orangefarbenen, roten, blauen, braunen, rosa, gelben und silbernen Dreiecken bemalt.

Atemlos stand Thissell schließlich vor dem Stallknecht, griff nach seinem *kiv* und zögerte. War dies eine gelegentliche persönliche Begegnung? Oder gehörte sich hier das *zachinko?* Nein, so formell brauchte er nicht zu tun. Der *kiv* erschien ihm besser. Er schlug einen Akkord an, doch er entdeckte, daß er dies auf der *ganga* getan hatte. Unter seiner Maske grinste Thissell verlegen. Seine Beziehung zu dem Stallknecht war keineswegs intim. Er hoffte, der Mann möge von heiterer Gemütsart sein, und die Dringlichkeit seiner Sache ließ außerdem eine sorgfältige Wahl des Instruments nicht zu. Er zupfte einen zweiten Akkord, tat das so gefühlvoll, wie seine mangelnde Geschicklichkeit dies erlaubte, und sang dazu: „Ich brauche sofort ein schnelles Reittier. Erlaube mir, eines aus deiner Herde auszuwählen."

Der Stallknecht trug eine recht komplizierte Maske, die Thissell nicht identifizieren konnte, ein Gebilde aus poliertem, braunem Metall, gefälteltem grauen Leder und zwei große grüne und scharlachrote Kugeln hoch auf der Stirn; sie waren wie Insektenaugen unterteilt. Er musterte Thissell ziemlich lange, dann wählte er sein *stimic*, das Instrument der Ablehnung, entlockte ihm eine brillante Reihe von Trillern und sich wiederholender Tonfolgen, die Thissell nicht verstand. Der Stallknecht sang: „Ser Mondmotte, ich fürchte, daß meine Tiere einem Mann von deiner Würde nicht genügen."

Thissell zupfte seine *ganga*. „Absolut nicht, sie erscheinen mir gut. Ich bin in großer Eile und nehme gerne jedes Tier der Gruppe an."

Der Stallknecht spielte ein brüchiges Kreszendo. „Ser Mondmotte, die Tiere sind krank und schmutzig. Es schmeichelt mir, daß du sie für geeignet hältst, doch ich kann soviel Ehre nicht annehmen." Er wechselte die Instrumente. „Ich erkenne leider nicht den Zechbruder und Handwerksgefährten, der mich so vertraut mit seiner *ganga* anklimpert", sang er und spielte dazu den *krodatch*, das Instrument der Beleidigung.

Es war klar: Thissell würde kein Reittier bekommen. Er drehte sich also um und begab sich auf einen Dauerlauf zum Raumhafen. Hinter ihm tönte des Stallknechtes *hymerkin*, doch Thissell wußte nicht, war dies nun gegen dessen Sklaven gerichtet oder gegen ihn.

Der frühere Konsularvertreter der Heimatplaneten war in Zundar ermordet worden. Als Tavernenheld maskiert, hatte er ein bebändertes Mädchen, geschmückt für die

Äquinoktialfeiern, angesprochen und war sofort von einem Roten Demiurgen, einem Sonnenkobold und einem Zauberhorn enthauptet worden. Edwer Thissell hatte erst vor kurzem seine Studien abgeschlossen und war sofort zu seinem Nachfolger ernannt worden. Drei Tage hatte er Zeit gehabt für seine Vorbereitungen. Normalerweise war er übervorsichtig, doch diese Ernennung hatte Thissell als große Aufgabe angesehen. Mittels subzerebraler Techniken lernte er die sirenische Sprache und fand sie unkompliziert. Im Journal der Universal Anthropologie las er:

„Die Bevölkerung der titanischen Küstenländer ist überaus individualistisch, möglicherweise als Reaktion auf eine sehr reiche Umwelt, die keine Gruppenaktivität erzwingt. Die Sprache drückt diesen Wesenszug aus, also auch die Stimmung der Person, seine gefühlsmäßige Haltung einer gegebenen Situation gegenüber. Informationen über Tatsachen gelten als zweitrangig. Außerdem wird die Sprache gesungen, charakteristischerweise zur Begleitung kleiner Instrumente. Demgemäß ist es äußerst schwierig, von einem Eingeborenen aus Fan oder der verbotenen Stadt Zundar Tatsachen zu erfahren. Man erhält elegante Arien vorgesungen und Demonstrationen einer wahrhaft erstaunlichen Virtuosität auf einem oder mehreren der zahlreichen Musikinstrumente. Der Besucher dieser faszinierenden Welt muß deshalb, will er nicht mit der größten Verachtung behandelt werden, nach lokaler Sitte sich auszudrücken lernen."

Thissell machte in seinem Notizbuch einen entsprechenden Vermerk: *Kleine Musikinstrumente mit Anleitungen für deren Gebrauch besorgen.* Dann las er weiter:

„Immer und überall gibt es einen unbeschreiblichen Überfluß an Nahrung, und das Klima ist überaus angenehm. Mit einem guten Vorrat an rassenbedingter Energie und sehr viel Freizeit beschäftigt sich das Volk vorwiegend mit Intrigen. Intrigen in allen Dingen, und man schafft bewußt Schwierigkeiten etwa im Handwerk, wie beim Schnitzen der Holzteile, die auf einem Hausboot Verwendung finden; oder bei den Masken, die dort jeder trägt. Auch die halbmusikalische Sprache ist äußerst schwierig, denn sie drückt auf bewundernswerte Art die subtilsten Stimmungen und Gefühle aus. Auch die zwischenmenschlichen Beziehungen sind äußerst verwickelt. Prestige, Gesicht, *mana*, Ruf, Glorie: das sirenische Wort dafür ist *strakh.* Jeder Mensch hat sein charakteristisches *strakh,* das etwa bestimmt, wenn er ein Hausboot benötigt, ob es ein schwimmender Palast mit Edelsteinen, Alabasterlaternen, Pfauenfayencen und geschnitztem Holz sein soll, oder ob er sich knurrend mit einer windschiefen Hütte auf einem verlassenen Floß begnügen muß. Es gibt auf Sirene kein ‚Kleingeld'; die einzige und alleinige Währung ist *strakh . . .*"

Thissell rieb sich nachdenklich das Kinn und las weiter:

„Masken werden zu jeder Zeit getragen im Einklang mit der Philosophie, daß ein Mensch nicht gezwungen sein sollte, sich einer Similarität zu bedienen, auf deren Auswahl er keinen Einfluß nehmen konnte. Er muß daher die Freiheit haben, etwas zu wählen, was seinem *strakh* entspricht. In den zivilisierten Gegenden von Sirene, also in den Küstengebieten des Titanic, zeigt ein Mann buchstäblich nie sein Gesicht. Das ist ein grundlegendes Gesetz. Spielen ist daher auf Sirene unbekannt. Für einen sirenischen Mann wäre es undenkbar und katastrophal, seinen Selbstrespekt anders zu bestätigen als durch die Übung des *strakh.* Das Wort ‚Glück' hat keine Entsprechung in der sirenischen Sprache."

Thissell notierte: *Maske besorgen. Museum? Schauspielergilde?*

Er las den Artikel zu Ende, machte sich wieder an seine Vorbereitungen und ging am nächsten Tag an Bord der *Robert Astroguard.* Das war der erste Teil seiner Reise nach Sirene.

Der Leichter ließ sich auf das Feld des sirenischen Raumhafens nieder; er war eine topasfarbene Scheibe zwischen den schwarzen, grünen und purpurnen Bergen. Edwer Thissell trat vor. Esteban Rolver nahm ihn in Empfang. Er war der örtliche Agent für die Raumfahrt. „Aber deine Maske!“ rief er entsetzt, „wo ist deine Maske?“

Thissell trug sie in der Hand. „Ich war nicht sicher, ob . . .“ „Schnell, setz die Maske auf!“ befahl Rolver und drehte sich weg. Er selbst hatte ein Gebilde aus stumpfgrünen Schuppen auf blaulackiertem Holz aufgesetzt. An den Wangen hatte er je einen Federtuff, am Kinn hing ein schwarz-weiß kariertes Pompon, und das alles zusammen schuf den Eindruck einer subtil sardonischen Persönlichkeit.

Schnell band sich Thissell die Maske um, wußte aber nicht, ob er die Sache ins Lächerliche ziehen oder Zurückhaltung wahren sollte, um der Würde seines Amtes gerecht zu werden.

„Bist du maskiert?“ fragte Rolver über die Schulter.

Thissell bestätigte es, und Rolver drehte sich um. Die Maske verbarg natürlich seinen Gesichtsausdruck, doch seine Hand flog unwillkürlich zu einem Tastensatz, der an seinem Schenkel befestigt war. Das Instrument gab einen schrillen Ton des Schocks von sich, dann einen höflicher Bestürzung. „Diese Maske kannst du nicht tragen!“ protestierte Rolver singend. „Woher hast du sie?“

„Das ist die Kopie einer Maske aus dem Museum von Polypolis“, erklärte Thissell steif. „Sie ist authentisch.“

Rolver nickte, und seine Maske schien noch höhnischer zu grinsen. „Sicher. Das ist eine Variante des Typs Besieger des Seedrachens und wird bei zeremoniösen Gelegenheiten von Personen höchsten Ranges getragen, von Prinzen, Helden, Handwerksmeistern und großen Musikern.“

„Ich wußte nicht . . .“

Rolver winkte verständnisvoll ab. „Das wirst du schon noch lernen. Schau dir meine Maske an. Heute trage ich einen Tarnvogel. Personen von sehr geringem Prestige, so wie du und ich oder andere Außenweltler, tragen solche Dinge."

„Komisch", bemerkte Thissell, als sie auf das niedere Betonblockhaus zugingen. „Ich war der Meinung, jeder trägt die Maske, die ihm zusagt."

„Ganz gewiß. Du kannst jede Maske wählen, solange du sie überzeugend trägst. Diesen Tarnvogel trage ich, weil ich nichts voraussetze. Ich beanspruche für mich weder Weisheit noch Wildheit, noch Wandelbarkeit, auch kein musikalisches Können, keine Tücke oder andere sirenische Tugenden."

„Was würde passieren, würde ich mit dieser Maske durch die Straßen von Zundar gehen?"

Rolvers Lachen klang hinter der Maske gedämpft. „In Zundar gibt es keine Straßen. Geh die Docks entlang, egal in welcher Maske, dann wirst du innerhalb einer Stunde getötet. Das ist Benko, deinem Vorgänger, passiert. Keiner von uns Außenweltlern weiß, was er zu tun hat. In Fan sind wir toleriert, solange wir auf unserem Platz bleiben. Aber in deiner jetzigen Aufmachung kannst du auch in Fan nicht herumlaufen. Jemand, der eine Feuerschlange oder einen Donnerkobold als Maske trägt, würde seine *krodatch* vor dir spielen, und würdest du dann seine Herausforderung nicht mit ein paar Läufen auf dem *skaranyi* – ein teuflisches Instrument! – parieren, würde er sofort sein *hymerkin* spielen, das er sonst nur für die Sklaven benützt. Das ist die tiefste Verachtung, die er damit ausdrückt. Oder er schlägt den Duellgong und greift dich sofort an."

„Ich hatte gar keine Ahnung, daß die Leute hier so reizbar sind", sagte Thissell kleinlaut.

Rolver zuckte die Schultern und schwang das massive Stahltor zu seinem Büro auf. „Gewisse Handlungen werden auf dem Konkurs in Polypolis vollzogen, ohne daß sie Kritik hervorrufen."

„Ja, das ist richtig.“ Thissell sah sich im Büro um. „Warum soviel Sicherheit; Soviel Stahl und Beton?“

„Schutz gegen Wilde“, erwiderte Rolver. „Sie kommen nachts von den Bergen, stehlen, was sie finden, töten alles, was sie an der Küste sehen.“ Er ging zu einem Schrank und entnahm ihm eine Maske. „Hier. Benütze diese Mondmotte. Damit kommst du nicht in Schwierigkeiten.“

Ohne jede Begeisterung besah sich Thissell die Maske. Sie bestand aus mäusefarbenem Fell mit einem Haartuff an beiden Mundwinkeln und federigen Fühlern an der Stirn. An den Schläfen hingen weiße Spitzenflügel, unter den Augen Reihen roter Falten, so daß die Wirkung gleichzeitig kläglich und komisch war.

„Drückt diese Maske einen gewissen Prestigegrad aus?“

„Nicht sehr viel.“

„Schließlich bin ich ja Konsularvertreter“, betonte Thissell. „Ich vertrete die Heimatplaneten, hundert Milliarden Menschen ...“

„Wenn die Heimatplaneten forderten, daß ihre Vertreter die Maske eines Seedrachen-Besiegers trügen, würden sie besser einen Mann dieses Typs schicken.“

„Ach, ich verstehe“, meinte Thissell bedrückt. „Nun, wenn ich muß ...“

Rolver wandte sich höflich ab, während Thissell die Seedrachen-Besiegermaske abnahm und die Mondmotte über den Kopf stülpte. „Ich nehme an, ich kann in den Läden etwas Passenderes finden. Man sagt mir, man brauche nur in einen Laden zu gehen und sich das auszusuchen, was einem behagt. Richtig?“

Rolver musterte Thissell. „Diese Maske ist für den Moment durchaus passend. Und es ist ungeheuer wichtig, nicht irgend etwas aus einem Laden zu holen, ehe man den *strakh*-Wert des gewünschten Artikels genau kennt. Der Besitzer verliert an Prestige, wenn eine Person von niederem *strakh* seine beste Arbeit wählt.“

Thissell schüttelte verzweifelt den Kopf. „Davon wurde

mir überhaupt nichts erklärt. Natürlich wußte ich von den Masken und von der peniblen Tüchtigkeit der Handwerker, aber dieses Bestehen auf Prestige, das *strakh* oder wie das Wort lautet ..."

„Egal. Nach einem Jahr oder auch zweien wirst du dich schon besser zurechtfinden. Du sprichst doch die Sprache?"

„Sicher. Ganz gewiß."

„Welche Instrumente kannst du spielen?"

„Man sagte mir, alle kleinen Instrumente seien richtig, wenn ich nur zu singen verstünde."

„Sehr ungenau. Nur Sklaven singen ohne Begleitung. Ich rate dir, folgende Instrumente so schnell wie möglich zu lernen: das *hymerkin* für deine Sklaven. Die *ganga* für die Unterhaltung zwischen sehr guten Freunden oder mit jemandem, der ein wenig niedriger im *strakh* ist als du selbst. Der *kiv* ist für eine höfliche Unterhaltung gedacht, das *zachinko* für formelle Dinge. *Strapan* und *krodatch* sind für gesellschaftlich Niedrigerstehende, in deinem Fall, wenn du jemanden beleidigen willst. Das *gomapard* und das *Doppelkamathil* sind zeremoniös. Das *crebarin,* die Wasserflöte und das *slobo* sind auch sehr nützlich, aber die anderen Instrumente lernst du lieber zuvor. Damit kannst du dich wenigstens notdürftig verständigen."

„Übertreibst du da nicht?" meinte Thissell.

Rolver lachte düster. „Absolut nicht. Und in erster Linie benötigst du ein Hausboot. Dann Sklaven."

Rolver brachte Thissell vom Landefeld zu den Docks von Fan, das war ein Weg von eineinhalb Stunden über einen angenehmen Pfad unter ungeheuer hohen, fruchtbeladenen Bäumen; an anderen hingen Korntrauben oder Zukkerbeutel.

„Im Augenblick sind wir vier Außenweltler in Fan, dich mitgezählt. Ich bringe dich zu Welibus, dem Handelsfaktor. Ich denke, er hat ein altes Hausboot, das er dir zur Benützung überläßt."

Cornely Welibus lebte schon seit fünfzehn Jahren in Fan und hatte sich schon so viel *strakh* erworben, daß er seine Südwindmaske mit Würde tragen konnte. Das war eine blaue Scheibe, mit Lapislazuli eingelegt und umgeben von einer Aureole aus schimmernder Schlangenhaut. Er war viel herzlicher als Rolver und versorgte Thissell nicht nur mit einem Hausboot, sondern auch mit einer Reihe von Musikinstrumenten und ein paar Sklaven.

Thissell war von soviel Großmut überwältigt und stammelte etwas von Bezahlung, doch Welibus schnitt ihm mit einer abwehrenden Handbewegung das Wort ab. „Mein lieber Freund, hier sind wir auf Sirene. Solche Kleinigkeiten kosten nichts."

„Aber ein Hausboot . . ."

Welibus spielte eine kleine Weise auf seinem *kiv*. „Ser Thissell, ich will ganz offen sein. Das Boot ist alt und ein wenig schäbig, ich kann es mir also nicht leisten, es zu benützen. Mein Status würde leiden." Eine hübsche Melodie begleitete seine Worte. „Dich braucht noch kein Status zu bekümmern. Du bedarfst nur der Unterkunft, des Behagens und der Sicherheit vor den Nachtmenschen. Das sind die Kannibalen, die nach Dunkelwerden an den Küsten streifen", fügte er erklärend hinzu, als ihn Thissell fragend anschaute.

„O ja. Ser Rolver hat sie schon erwähnt."

„Schreckliche Wesen. Wir wollen nicht darüber sprechen." Ein winziger Tonschauer entfloh seinem *kiv*. „Und die Sklaven. Rex und Toby sollten dir gut dienen." Er hob die Stimme und spielte auf dem *hymerkin* ein rasches Klappern. *„Avan esx trobu!"*

Eine Sklavin erschien. Sie trug ein Dutzend enger Bänder aus rosafarbenem Stoff und eine zierliche schwarze Maske, an der Perlmuttermünzen klirrten.

„Fascu etz Rex ae Toby."

Rex und Toby erschienen. Sie trugen lockere Masken aus schwarzem Stoff und rostfarbene Hosen. Welibus sprach sie mit volltönenden *hymerkin*-Akkorden an und verpflichtete sie für den Dienst beim neuen Herrn, bis sie auf ihre Heimatinseln zurückkehrten. Sie warfen sich vor Thissell auf den Boden und sangen einen Schwur der Ergebenheit mit leisen Stimmen. Thissell lachte nervös und sagte einen Satz in der sirenischen Sprache: „Geht zum Hausboot, säubert es, und bringt Nahrung an Bord."

Toby und Rex starrten ihn durch die Maskenlöcher an. Welibus wiederholte den Befehl mit *hymerkin*-Begleitung, die Sklaven verbeugten sich und gingen.

Angewidert musterte Thissell die Musikinstrumente. „Ich habe keine Ahnung, wie ich all dies Zeug lernen soll."

Welibus wandte sich an Rolver. „Wie wär's mit Kershaul? Könnte man ihn überreden, Ser Thissell ein paar Grundlektionen zu geben?"

Rolver nickte. „Kershaul könnte dazu bereit sein."

„Wer ist Kershaul?" fragte Thissell.

„Der dritte unserer kleinen Gruppe Ausländer", erwiderte Welibus. „Anthropologe. Hast du *Rituale von Sirene, Das Großartige Zundar* oder *Das Volk der Gesichtslosen* gelesen? Nein? Schade! Ausgezeichnete Arbeiten. Kershaul hat ein sehr hohes Prestige, und ich glaube, von Zeit zu Zeit besucht er auch Zundar. Er trägt die Höhleneule, manchmal einen Sternwanderer oder einen Weisen Vermittler."

„Er ist zur Äquatorschlange übergegangen", bemerkte Rolver. „Die Variante mit den vergoldeten Stoßzähnen."

„Ach nein! Nun, das muß er ja wohl verdient haben." Nachdenklich zupfte er sein *zachinko.*

Drei Monate vergingen. Unter der Anleitung von Mathew Kershaul übte Thissell das *hymerkin,* die *ganga,* den *strapan,* den *kiv,* das *gomapard* und das *zachinko. Doppel-kamathil, krodatch, slobo,* Wasserflöte und andere Instrumente konnten noch warten, bis Thissell die sechs Grundinstrumente beherrschte. Er lieh Thissell Aufnahmen bemerkenswerter sirenischer Vorträge in verschiedenen Stimmungen und zu unterschiedlicher Begleitung, so daß Thissell daraus die modischen Melodien lernen und sich selbst in der Intonation, den Rhythmen und Kreuz-Rhythmen, den zusammen- und aufgesetzten Rhythmen, auch den unterdrückten und überspielten Rhythmen vervollkommnen konnte. Kershaul bekannte, er finde die sirenische Musik faszinierend, und Thissell gab zu, daß man da wohl nie auslernen könne. Die Viertelstonstimmung der Instrumente erlaubte eine Vierundzwanzigtonmusik, die multipliziert wurde von den fünf gebräuchlichen Tonarten, so daß im ganzen hundertzwanzig verschiedene Tonleitern zu lernen waren. Aber Kershaul riet Thissell, er solle sich vorerst darauf beschränken, jedes Instrument in seiner Grundtonart spielen zu lernen und nur zwei verschiedene Tonleitern dazu zu üben.

Da er in Fan nichts zu tun und nur seinen wöchentlichen Besuch bei Mathew Kershaul zu absolvieren hatte, fuhr Thissell mit seinem Hausboot acht Meilen weiter südlich und ankerte im Windschatten eines felsigen Vorsprungs. Hier wäre das Leben sehr idyllisch gewesen, hätte er nicht ständig üben müssen. Die See war ruhig und kristallklar; der Strand war von grauen, grünen und purpurnen Bäumen umgeben, und so hatte er den Wald in nächster Nähe, wenn er seine Beine ein wenig strecken wollte.

Toby und Rex bewohnten ein paar Zellen im Vorschiff, Thissell hatte die Heckkabine für sich selbst. Von Zeit zu Zeit spielte er mit dem Gedanken, sich einen dritten Sklaven zuzulegen, vielleicht eine junge Frau, um ein wenig Charme und Fröhlichkeit in seinen Haushalt zu bringen, doch Kershaul riet ihm davon ab, denn er fürchtete um Thissels Konzentration. Dieser beruhigte sich auch wieder und gab sich dem Studium der sechs Instrumente hin.

Die Tage vergingen schnell, und Thissell wurde nie

müde, die friedlichen Sonnenauf- und Untergänge zu bewundern, die weißen Wolken und die blaue See der Mittagszeit, den Nachthimmel mit den neunundzwanzig herrlichen Sternen des Haufens SI 1–715. Der wöchentliche Besuch in Fan unterbrach das Einerlei. Toby und Rex sorgten für die Mahlzeiten, Thissell besuchte das Luxusboot von Mathew Kershaul zum Unterricht.

Dann kam, drei Monate nach Thissels Ankunft, die Botschaft, die diese ganze Routine zerbrach: Haxo Angmark, der Meuchelmörder, der *agent provocateur,* der erbarmungslose, schlaue Verbrecher, war nach Sirene gekommen. Und diesen Mann sollte er in den Kerker bringen! Achtung, Achtung, Haxo Angmark ist überaus gefährlich . . . Ist ohne zu zögern zu töten . . .

Thissell war nicht in sehr guter Verfassung. Er trottete fünfzig Meter, bis er keuchte, dann ging er zwischen niedrigen Hügeln durch, auf denen weißer Bambus und schwarze Baumfarne wuchsen, über Wiesen mit gelben Grasnüssen, durch Obstgärten und wilde Weinberge. Fünfundzwanzig Minuten vergingen; er hatte ein eigenartiges Gefühl im Magen und wußte, er würde zu spät kommen. Haxo Angmark war gelandet und vielleicht schon auf der Straße nach Fan. Aber unterwegs begegnete Thissell nur vier Personen: einem Jungen in einer übertrieben wilden Alk-Insulanermaske, zwei jungen Frauen mit Rot- und Grünvogel, einen Mann mit der Maske eines Waldkobolds. Vor dem blieb Thissell stehen. Konnte dieser Mann etwa Angmark sein?

Kühn ging er auf den Waldkobold zu und starrte in dessen furchterregende Maske. „Angmark!“ rief er in der Sprache seines Heimatplaneten, „du bist verhaftet!“

Der Waldschrat schaute ihn verständnislos an, dann ging er weiter.

Thissell stellte sich ihm in den Weg, griff nach seiner *ganga* und erinnerte sich der Reaktion des Stallknechts, nahm also sein *zachinko* und griff in die Saiten. „Du reisest auf der Straße vom Raumhafen her“, sang er. „Was hast du dort gesehen?“

Der Waldschrat griff nach seinem Instrument, dazu bestimmt, den Gegner auf dem Schlachtfeld zu verhöhnen, um Tiere herbeizurufen oder gelegentlich auch eine trotzige Wildheit auszudrücken. „Wo ich reise und was ich sehe, geht nur mich selbst an. Geh weg, oder ich trete dir ins Gesicht.“ Er marschierte weiter, und wäre Thissell nicht schnell zur Seite gesprungen, hätte der Troll vermutlich seine Drohung wahrgemacht.

Thissell starrte ihm fassungslos nach. Angmark? Unwahrscheinlich, denn so sicher konnte dieser mit seinem Horn doch nicht umgehen. Er zögerte, dann setzte er seinen Weg fort.

Auf dem Raumhafen begab er sich direkt ins Büro. Das schwere Tor stand offen, ein Mann erschien darunter. Er trug eine Maske mit dunkelgrünen Schuppen und Glimmerblättchen, blaulackiertem Holz und schwarzen Federn, den Tarnvogel.

„Ser Rolver!“ rief Thissell besorgt, „wer ging von Bord der *Carina Cruzeiro?*“

„Warum willst du das wissen?“ fragte Rolver.

„Warum? Du mußt doch diese Mitteilung gesehen haben, die ich von Castel Cromartin erhielt.“

„Ah, natürlich.“

„Ich bekam es erst vor einer halben Stunde“, beklagte sich Thissell. „Ich eilte hierher, so schnell ich konnte. Wo ist Angmark?“

„In Fan, nehme ich an“, erwiderte Rolver.

Thissell fluchte. „Warum hast du ihn nicht aufgehalten?“

Rolver hob die Schultern. „Ich hatte nicht das Recht, die Neigung oder die Fähigkeit, ihn aufzuhalten.“

Thissell bekämpfte seine Enttäuschung. „Unterwegs begegnete ich einem Mann mit einer recht häßlichen Maske, mit Untertassenaugen und rotem Bart.“

„Ah, das ist ein Waldkobold. Angmark brachte die Maske mit.“

„Aber er spielte das Handhorn“, protestierte Thissell. „Wie konnte er . . .“

„Oh, er kennt Sirene gut. Er hat fünf Jahre in Fan verbracht.“ Thissell brummte enttäuscht. „Davon hat Cromartin nichts erwähnt.“ „Das weiß doch jeder. Er war vor Welibus Handelsvertreter.“

„Waren er und Welibus befreundet?“

Rolver lachte kurz. „Natürlich. Aber verdächtige Welibus jetzt bitte keines größeren Verbrechens als der Fälschung seiner Rechnungen. Er ist bestimmt nicht der Vertraute eines Meuchelmörders.“

„Weil wir von Meuchelmördern sprechen – hast du eine Waffe, die du mir leihen könntest?“

Rolver musterte ihn verwundert. „Du bist hier und hast keine Waffe bei dir? Und wolltest Angmark verhaften?“

„Was blieb mir anderes übrig? Wenn Cromartin Befehle erteilt, erwartet man Ergebnisse. Du warst doch jedenfalls mit deinen Sklaven hier.“

„Auf mich kannst du wegen Hilfe nicht zählen“, erwiderte Rolver abweisend. „Ich trage den Tarnvogel und gebe nicht vor, ein Held zu sein. Aber ich kann dir eine Energiepistole leihen. Ich habe sie lange nicht benützt, kann also wegen der Ladung nicht garantieren.“

„Immerhin besser als nichts“, meinte Thissell.

Rolver ging in das Büro und kam mit der Pistole wieder. „Was willst du jetzt tun?“

„Ich versuche, Angmark in Fan zu finden. Oder könnte er nach Zundar weiterreisen wollen?“

Rolver überlegte. „Angmark könnte in Zundar überleben, doch er wird erst seine musikalische Übung auffrischen wollen. Ich nehme an, er wird ein paar Tage in Fan bleiben.“

„Wo könnte ich ihn etwa finden?“

„Das weiß ich nicht, aber besser ist, wenn du ihn nicht findest. Angmark ist ein gefährlicher Mann.“

Thissell kehrte auf dem Weg, den er gekommen war, nach Fan zurück.

Wo der Pfad von den Bergen hinabschwang zur Esplanade, stand ein niedriges Haus aus gestampfter Erde. Die Tür war aus dicken schwarzen Planken geschnitzt, die Fenster waren mit geflochtenen Eisenbändern vergittert. Das war das Büro von Cornely Welibus, Handelsfaktor, Importeur und Exporteur. Welibus saß gemütlich auf seiner plattenbelegten Veranda und trug eine bescheidene Abwandlung der Waldemar-Maske. Er schien nachdenklich zu sein, und es war nicht sicher, ob er Thissels Mondmotte erkannt hatte. Er grüßte jedenfalls nicht.

Thissell näherte sich der Veranda. „Guten Morgen, Ser Welibus.“ Welibus nickte geistesabwesend und zupfte an seinem *krodatch*. „Guten Morgen.“

Thissell war gekränkt. Das war ja nun wirklich nicht das Instrument für einen Freund und Außenweltkameraden, selbst wenn er nur die Mondmotte trug. „Darf ich fragen, wie lange du hier sitzest?“

Welibus überlegte eine halbe Minute und begleitete sich, als er sprach, auf dem herzlicheren *crebarin*. Aber den *krodatch* vergaß Thissell doch nicht so leicht. „Seit fünfzehn oder zwanzig Minuten sitze ich hier. Weshalb willst du das wissen?“

„Hast du einen Waldschrat gesehen, der vorbeiging?“

Welibus nickte. „Er ging die Esplanade entlang und trat, soviel ich weiß, in den ersten Maskenladen.“

Natürlich, das wäre Angmarks erster Schritt. „Wenn er die Maske wechselt, finde ich ihn überhaupt nicht mehr“, beklagte sich Thissell.

„Wer ist denn dieser Waldschrat?“ fragte Welibus uninteressiert.

„Ein berüchtigter Verbrecher, Haxo Angmark“, erklärte Thissell.

„Haxo Angmark!" krächzte Welibus und lehnte sich zurück. „Bist du sicher, daß er hier ist?"

„Ziemlich sicher."

Welibus rieb sich die zitternden Hände. „Schlechte Nachricht, sehr schlechte! Er ist ein skrupelloser Schurke."

„Kanntest du ihn gut?"

„So gut wie jeder." Welibus begleitete sich jetzt auf seinem *kiv.* „Er hatte früher den Posten, den ich jetzt innehabe. Ich kam als Inspektor hierher und fand, daß er viertausend UMIs im Monat vertrank. Er wird mir nicht sehr dankbar sein." Nervös schaute Welibus die Esplanade entlang. „Ich hoffe, du fängst ihn."

„Ich versuche es jedenfalls. Du sagtest, er betrat den Maskenladen?"

„Da bin ich ganz sicher."

Thissell ging und hörte, wie die schwarze Plankentür hinter ihm zugeschlagen wurde. Vor dem Maskenmacherladen blieb er stehen, als bewundere er die Auslage. Mindestens hundert Miniaturmasken, geschnitzt aus seltenen Hölzern und Mineralen, mit Smaragdflocken besetzt, mit Spinnwebseide verziert, auch mit Wespenflügeln, versteinerten Fischschuppen und dergleichen geschmückt. Nur der Maskenmacher befand sich im Laden, ein knorriger, verhutzelter Mann in gelber Robe, der eine trügerisch einfache Maske des Universal-Experten trug, aber sie bestand aus mehr als zweitausend Stückchen besonderer Hölzer.

Thissell überlegte sich, was er sagen wollte, wie er sich selbst dazu begleiten würde, dann trat er ein. Der Maskenmacher setzte seine Arbeit fort, als er die Mondmotte sah.

Thissell wählte das leichteste seiner Instrumente und strich über seinen *strapan.* Vielleicht war das nicht die glücklichste Wahl, doch ihm fiel nichts Besseres ein. Es klang ein wenig herablassend, doch er bemühte sich, in warmen Tönen zu singen und sein Instrument besonders sehnsüchtig zu schlagen. „Ein Fremder ist eine interessante Person, wenn man mit ihm handelt. Seine Gewohnheiten sind nicht vertraut, er erregt Neugier. Vor noch nicht zwanzig Minuten betrat ein Fremder diesen faszinierenden Laden, um seinen trübseligen Waldschrat gegen eine bemerkenswerte und abenteuerliche Schöpfung von dir auszutauschen."

Der Maskenmacher streifte Thissell mit einem Seitenblick und spielte ohne Worte eine Reihe von Akkorden auf einem Instrument, das Thissell noch nie gesehen hatte. Es war dies ein flexibler Sack mit drei kurzen Röhren, die man zwischen den Fingern hielt. Drückte man auf diese Röhren, zwang man die Luft durch Schlitze, und es entstanden oboenähnliche Töne. Thissell meinte, das Instrument müsse schwer zu spielen und der Maskenmacher ein Virtuose sein, und die Musik drückte jedenfalls äußerste Interessenlosigkeit aus.

Mühsam entlockte Thissell seinem *strapan* ein paar vergleichsweise kümmerliche Töne. Er sang dazu: „Für einen Außenweltler auf einem fremden Planeten ist die Stimme eines aus seiner Heimat wie Wasser für eine welkende Pflanze. Eine Person, die zwei solche Personen vereinen könnte, fände Befriedigung in einem solchen Akt der Barmherzigkeit."

Der Maskenmacher fingerte beiläufig an seinem eigenen *strapan*, und brachte eine perlende Tonfolge zustande. „Ein Künstler", sang er ziemlich kühl, „schätzt die Momente der Konzentration, und er legt keinen Wert darauf, Banalitäten mit Personen von höchstens bescheidenem Prestige auszutauschen." Thissell versuchte es mit einer Gegenmelodie, doch der Maskenmacher kam ihm zuvor; er sang: „In den Laden kommt ein Mensch, der sehnt sich nach seinesgleichen, doch seine Musik verdient Kritik. Sein riesiges *strakh* versteckt er hinter einer Mondmotte. Er spielt den *strapan* für einen Meister-Handwerker und singt mit verachtenswerter Stimme. Der feine und schöpferische Handwerker überhört diese Herausforderung. Er spielt ein höfliches Instrument, bleibt unverbindlich und hofft, der Fremde möge müde werden und gehen."

Thissell nahm seinen *kiv.* „Der edle Maskenmacher hat mich nicht verstanden."

Ein Stakkato auf des Meisters *strapan* unterbrach ihn. „Der Fremde macht den Verstand des Meisters lächerlich."

Thissell kratzte heftig auf seinem *strapan.* „Um mich selbst vor der Hitze zu schützen, wandere ich in einen kleinen, unbedeutenden Maskenladen. Der Künstler, dem sein Werkzeug noch neu ist, verspricht jedoch einiges für die Zukunft. Er arbeitet eifrig, um seine Geschicklichkeit zu verbessern, so eifrig, daß er sich weigert, mit Fremden zu reden, egal, was sie auch wollen."

Der Maskenmacher legte sein Schnitzmesser weg, stand auf, verschwand hinter seinem Wandschirm, um mit einer Maske aus Gold und Eisen zurückzukehren, die vom Schädel aufsteigende Flammen darstellte. In einer Hand trug er das *skaranyi,* in der anderen einen Krummsäbel. Zu einer Reihe wilder Töne sang er: „Selbst der geschickteste Künstler kann sein *strakh* erhöhen, wenn er Seeungeheuer tötet, Nachtmenschen und unwichtige Müßiggänger. Eine solche Gelegenheit ist jetzt gegeben. Der Künstler stellt seinen Angriff noch zehn Sekunden zurück, weil der Herausforderer eine Mondmotte trägt."

Verzweifelt schlug Thissell seinen *strapan.* „Hat ein Waldkobold deinen Laden betreten? Ging er mit einer neuen Maske?"

„Fünf Sekunden sind vorbei", sang der Maskenmacher düster. Thissell ergriff wütend und enttäuscht die Flucht, lief über den Platz und schaute die Esplanade auf und ab. Hunderte von Menschen liefen an den Docks herum oder standen auf den Decks ihrer Hausboote, und alle trugen Masken, die ihre Laune, ihr Prestige und besondere Eigenschaften ausdrückten, und überall zwitscherten und trillerten die Instrumente.

Thissell stand ganz verloren da. Der Waldschrat war verschwunden. Haxo Angmark konnte frei in Fan herumlaufen, Thissell aber nicht den dringenden Befehl von Castel Cromartin ausführen.

Hinter ihm erklang ein *kiv*. „Ser Mondmotte Thissell, du bist tief in Gedanken versunken.“

Thissell wirbelte herum und entdeckte eine Höhleneule in einem düsteren schwarzgrauen Mantel. Thissell erkannte die Maske, die Gelehrsamkeit und die geduldige Erforschung abstrakter Ideen ausdrückte. Mathew Kershaul hatte sie gelegentlich getragen.

„Guten Morgen, Ser Kershaul“, murmelte er.

„Und wie gehen die Studien? Kannst du schon die C-Dur-Plus-Tonleiter am *gomapard?* Ich erinnere mich, du fandest die Intervalle ziemlich verwirrend.“

„Ich habe daran gearbeitet“, erwiderte Thissell düster. „Da ich jedoch möglicherweise nach Polypolis zurückgerufen werde, ist vielleicht die ganze Zeit verschwendet.“

„Eh? Und warum dies?“

Thissell erklärte seine schwierige Lage bezüglich Haxo Angmark, und Kershaul nickte ernst. „Ich erinnere mich seiner. Kein sehr graziöser Mensch, doch ein ausgezeichneter Musiker mit raschen Fingern und einem Talent für neue Instrumente.“ Nachdenklich zwirbelte er das Ziegenbärtchen seiner Eulenmaske. „Und deine Pläne?“

„Es gibt keine.“ Thissel spielte auf dem *kiv* eine melancholische Weise. „Ich habe keine Ahnung, welche Maske er trägt, und wie soll ich ihn fangen, wenn ich nicht weiß, wie er aussieht?“

„Hm! In alten Tagen besuchte er den Exo Cambian Cycle, und ich glaube, er benützte damals eine ganze Serie von niederen Meeresbewohnern. Sein Geschmack kann sich natürlich geändert haben.“

„Genau, beklagte sich Thissell. „Er ist vielleicht nur

zwanzig Schritte entfernt, und ich ahne es nicht einmal. Und keiner will mir etwas sagen. Ich glaube, denen ist es egal, ob ein Meuchelmörder frei unter ihnen herumläuft."

„Richtig", pflichtete ihm Kershaul bei. „Die Sirener denken ganz anders als wir."

„Sie kennen keine Verantwortung. Ich zweifle, ob sie einem Ertrinkenden ein Tau zuwerfen würden."

„Es ist richtig, sie lieben keine Einmischung", erklärte Kershaul. „Sie betonen die Verantwortung des Individuums und ihre Unabhängigkeit."

„Interessant, aber ich weiß noch immer nicht, wo Angmark ist."

Kershaul musterte ihn ernst. „Was willst du tun, wenn du ihn findest?"

„Ich führe den Befehl meiner Vorgesetzten aus."

„Angmark ist gefährlich. Er hat dir gegenüber viele Vorteile."

„Darauf kann ich keine Rücksicht nehmen. Es ist meine Pflicht, ihn nach Polypolis zurückzuschicken. Aber hier ist er vermutlich sicher, denn ich habe keine Ahnung, wie und wo ich ihn finden soll."

Kershaul überlegte. „Ein Außenweltler kann sich vor den Sirenern nicht hinter einer Maske verstecken. Wir sind zu viert hier, Rolver, Welibus, du und ich. Wenn ein anderer Außenweltler einen Haushalt zu errichten versucht, macht die Neuigkeit sehr schnell die Runde."

„Und wenn er nach Zundar reist?"

Kershaul zuckte die Schultern. „Ich glaube nicht, daß er das wagt. Jedoch . . ." Dann bemerkte er, daß Thissell anderswohin schaute, und er folgte seinem Blick.

Ein Mann in einer Waldschratmaske taumelte die Esplanade entlang. Kershaul legte eine Hand auf Thissells Arm, doch dieser trat dem Waldschrat in den Weg und hielt die geborgte Pistole in der Hand. „Haxo Angmark", rief er, „keine Bewegung, sonst erschieße ich dich. Du bist verhaftet."

„Bist du auch sicher, daß dies Angmark ist?“ fragte Kershaul.

„Das finde ich schon heraus. Angmark, dreh dich um, und heb die Hände hoch.“

Der Waldschrat stand verblüfft da und rührte sich nicht. Dann griff er nach seinem *zachinko* und spielte ein fragendes Arpeggio. „Warum belästigst du mich, Mondmotte?“ fragte er.

Kershaul spielte beruhigend auf seinem *slobo* ein paar Töne. „Ich fürchte, das hier ist ein Fall von verwechselter Persönlichkeit, Ser Waldkobold. Ser Mondmotte sucht einen Außenweltler in einer Waldkoboldmaske.“

Der Schrat spielte ein paar gereizte Akkorde und ging zum *stimic* über. „Er glaubt also, ich sei ein Außenweltler? Soll er es doch beweisen, oder er hat meine Vergeltung zu fürchten.“

Kershaul musterte verlegen die Menge, die sich angesammelt hatte. Er zupfte eine beruhigende Weise. „Ich bin sicher, Ser Mondmotte hat . . .“

Der Waldschrat unterbrach mit einer *skaranyi*-Fanfare. „Soll er doch seinen Fall beweisen oder sich für das Duell bereit machen.“

„Na schön, ich beweise meinen Fall“, erklärte Thissell, trat vor und griff nach der Waldkoboldmaske. „Laß dein Gesicht sehen, damit ich dich erkennen kann!“

Der Waldschrat sprang entsetzt zurück, die Menge stöhnte, dann begann ein allgemeines Geklimper.

Der Waldkobold zupfte am Nacken die Saite seines Duellgongs, mit der anderen Hand wirbelte er sein Krummschwert.

Kershaul trat vor und spielte aufgeregt sein *slobo*. Thissell trat verlegen zur Seite, denn die Reaktion der Menge gefiel ihm nicht.

Kershaul sang Erklärungen und Entschuldigungen, der Waldschrat antwortete, und Kershaul sagte über die

Schulter zu Thissell, er solle schleunigst verschwinden, denn der andere werde ihn töten.

Und da schob auch schon der Kobold seinen Freund zur Seite, stampfte mit den Füßen und streckte die Hand aus. „Lauf!" rief Kershaul, „lauf zu Welibus' Büro und sperr dich dort ein!"

Jetzt rannte Thissell, der Waldschrat verfolgte ihn ein Stück und schickte ihm ein paar böse Hornstöße nach, während die Menge verächtlich das *hymerkin* schlug.

Da ihn niemand mehr verfolgte, suchte Thissell auch nicht Zuflucht in Welibus' Büro, sondern ging weiter zum Dock, wo sein Hausboot lag. Kurz vor Einbruch der Dämmerung war er an Bord. Toby und Rex hockten auf dem Vordeck, umgeben von den eingekauften Vorräten: Binsenkörbe voll Obst und Getreidekorn, Krüge aus blauem Glas, die Wein enthielten, Öl und scharfriechende Säfte, und in einem Weidenställchen hatten sie drei junge Schweine. Sie knackten Nüsse mit den Zähnen und spuckten die Schalen zur Seite. Als sie Thissell sahen, standen sie beiläufiger als sonst auf; Toby murmelte etwas, Rex unterdrückte ein Kichern.

Ärgerlich ließ Thissell sein *hymerkin* erklingen. „Nehmt das Boot vom Strand, heute bleiben wir in Fan", sang er.

In seiner Kabine nahm er die Mondmotte ab und schaute in den Spiegel. Er kannte sich fast selber nicht mehr. Er mochte diese Maske nicht, die pelzige graue Haut, die bläulichen Adern darin, die lächerlichen Spitzenflügel. Nein, das war keine würdige Maske für einen Konsularvertreter der Heimatplaneten. Falls er diese Stellung überhaupt noch hatte, wenn man zu Hause hörte, daß Angmark noch immer frei herumlief!

Thissell warf sich in einen Sessel und starrte düster ins Weite. Er hatte heute viel Rückschläge erlitten, doch entmutigt war er nicht. Morgen würde er Kershaul besuchen und mit ihm besprechen, wie sie am besten Angmark finden könnten. Ein Außenweltlerhaushalt konnte sich, wie

Kershaul richtig bemerkte, nicht so leicht verstecken. Haxo Angmarks Identität würde sich bald erweisen. Und morgen mußte er sich eine andere Maske besorgen. Nichts Glorreiches oder Außergewöhnliches, aber eine Maske, die der Würde seines Amtes und seiner Selbstachtung entsprach.

Früh am nächsten Morgen, als noch halbe Dämmerung herrschte, ruderten die Sklaven das Hausboot zurück an den Dockabschnitt, der für Außenweltler reserviert war. Rolver, Welibus oder Kershaul waren noch nicht da, und Thissell wartete ungeduldig. Nach einer Stunde kam endlich Welibus, doch mit dem wollte er nicht sprechen, und so blieb Thissell in seiner Kabine.

Dann war Rolvers Boot da, der gleich darauf in seiner üblichen Tarnvogelmaske auf das Dock kletterte. Dort traf er sich mit einem Mann in einer gelbfelligen Sandtigermaske, der auf seinem *gomapard* eine Begleitung spielte zu dem, was er Rolver zu melden hatte.

Rolver schien erstaunt und besorgt zu sein. Nach kurzem Überlegen zupfte er selbst an seinem *gomapard* herum, und als er sang, deutete er auf Thissels Hausboot. Dann verbeugte er sich und ging.

Der Sandtigermaskenmann kletterte voll Würde auf ein Floß und klopfte am Schanzkleid von Thissels Hausboot. Die sirenische Etikette forderte nicht, daß Thissell diesen Besucher an Bord bat, also stellte er nur eine Frage mit seinem *zachinko*.

Der Sandtiger antwortete mit dem *gomapard* und sang: „Die Dämmerung über der Bucht von Fan ist eine blendende Gelegenheit. Der Himmel ist weiß mit gelben und grünen Farben, und wenn Mireille aufgeht, so verbrennen die Nebel und züngeln wie Flammen. Der Sänger zieht großes Vergnügen aus dieser Stunde, wenn die schwimmende Leiche eines Außenweltlers nicht erscheint und die schöne Aussicht verdirbt."

Thissels *zachinko* stellte eine verblüffte Frage aus sich selbst heraus, der Sandtiger verbeugte sich voll Würde. „Der Sänger bestätigt, daß er nicht am Stehvermögen zweifelt, jedoch er will sich nicht peinigen lassen von einem unzufriedenen Geist. Deshalb hat er seine Sklaven angewiesen, einen Lederriemen am Fußknöchel der Leiche zu befestigen, und während die Unterhaltung fortging, wurde die Leiche festgemacht am Heck des Hausboots. Du willst sicher gewisse Riten vollziehen, wie sie in deiner Außenwelt gebräuchlich sind. Jener, der singt, wünscht dir einen guten Morgen und scheidet nun von dir."

Thissell rannte zum Heck seines Hausboots und entdeckte die maskenlose, fast nackte Leiche eines ausgewachsenen Mannes, die oben schwamm, weil seine Hosen mit Luft gefüllt waren.

Thissell musterte das tote Gesicht, das ihm ausdruckslos erschien; vielleicht war dies eine Folge des Maskentragens. Der Körper war von mittlerer Größe und angemessenem Gewicht, er mochte zwischen fünfundvierzig und fünfzig Jahre alt sein. Das Haar war unansehnlich braun, das Gesicht vom Wasser aufgedunsen. Nichts wies darauf hin, wie der Mann gestorben war.

Das war wohl Haxo Angmark, meinte Thissell. Wer sonst könnte es sein? Mathew Kershaul? Warum nicht? Rolver und Welibus hatten bereits ihre Boote verlassen und gingen ihren Geschäften nach. Er suchte die Bucht nach Kershauls Hausboot ab und entdeckte es, als es am Dock anlegte. Kershaul sprang heraus und trug seine Höhleneulenmaske.

Er schien sehr in Gedanken versunken zu sein, denn er ging an Thissels Hausboot vorbei, ohne aufzuschauen.

Thissell wandte sich wieder der Leiche zu. Also wohl Angmark. Von den Hausbooten waren doch Rolver, Welibus und Kershaul in ihren charakteristischen Masken gekommen ... Also Angmark ... Aber diese Lösung erschien Thissell als zu einfach. Kershaul hatte gesagt, jeder Außenweltler sei schnell zu identifizieren. Wie sollte Angmark sich selbst ... Thissell schob den Gedanken von sich, denn die Leiche war offensichtlich Angmark.

Und doch ...

Er rief seine Sklaven und erteilte den Befehl, ein geeigneter Behälter sei zum Dock zu bringen, damit die Leiche zu einem passenden Ruheplatz gebracht werden könne. Begeistert waren die Sklaven darüber nicht, und Thissell mußte gewaltig donnern und das *hymerkin* schlagen.

Dann ging er am Dock entlang zur Esplanade, vorbei an Christofer Welibus' Büro und weiter zum Landefeld. Dort entdeckte er, daß Rolver noch nicht erschienen war. Ein Obersklave, gekennzeichnet durch eine gelbe Rosette an seiner schwarzen Stoffmaske, fragte Thissell, wie er ihm zu Diensten sein könne; dieser wollte eine Mitteilung nach Polypolis durchgeben.

Der Sklave versicherte ihm, das sei nicht schwierig, er möge nur seine Mitteilung in Blockbuchstaben aufschreiben. Das tat Thissell wie folgt:

AUSSENWELTLER TOT AUFGEFUNDEN, MÖGLICH ANGMARK, ALTER 48, MITTLERER KÖRPERBAU, BRAUNES HAAR. WEITERE IDENTIFIZIERUNGSMÖGLICHKEITEN FEHLEN. ERWARTE BESTÄTIGUNG UND/ODER WEISUNGEN.

Adressiert wurde die Mitteilung an Castel Cromartin in Polypolis. Er reichte sie dem Obersklaven. Einen Moment später hörte er das charakteristische Knattern einer Raumsendung.

Eine Stunde verging, Rolver war noch immer nicht da. Thissell lief unruhig auf und ab. Es ließ sich auch nicht sagen, wie lange er auf Antwort warten mußte, denn die Übertragungszeiten waren recht unterschiedlich. Manchmal kam eine Meldung in Mikrosekunden durch, manchmal dauerte es Stunden, und aus unerfindlichen Gründen gab es sogar Mitteilungen, die am Empfangsort eingingen, ehe sie überhaupt gesendet worden waren.

Endlich, nach eineinhalb Stunden, kam Rolver und trug seinen gewohnten Tarnvogel. Gleichzeitig hörte Thissell das Zischen der ankommenden Antwort.

„Was bringt dich so früh hier heraus?“ fragte Rolver erstaunt.

Thissell erklärte ihm: „Es geht um die Leiche, von der du diesen Morgen sprachst. Ich habe dies meinen Vorgesetzten mitgeteilt.“

Rolver lauschte dem Geräusch der einlaufenden Antwort. „Das ist wohl die deine? Ich kümmere mich besser darum.“

„Warum denn? Dein Sklave scheint recht tüchtig zu sein.“

„Es ist meine Arbeit“, erklärte Rolver. „Ich bin verantwortlich für die korrekte Übertragung und den Empfang aller Raumgramme.“

„Ich komme mit. Es hat mich schon immer interessiert, wie diese Geräte arbeiten.“

„Das geht nicht, fürchte ich“, widersprach Rolver und begab sich zum inneren Büro. Fünf Minuten später kam er mit einem kleinen gelben Umschlag zurück. „Keine besonders guten Nachrichten“, meldete er vorab.

Thissel riß den Umschlag auf und las:

LEICHE NICHT ANGMARK. ER HAT SCHWARZES HAAR. WARUM WARST DU NICHT BEI LANDUNG? ERNSTE LAGE, SEHR UNZUFRIEDEN. RÜCKKEHR NACH POLYPOLIS MIT NÄCHSTER GELEGENHEIT BEFOHLEN.

CASTEL CROMARTIN

Thissel schob die Mitteilung in die Tasche. „Darf ich nach deiner Haarfarbe fragen?“ bat er.

Rolver spielte einen erstaunten Triller auf seinem *kiv*. „Ich bin ziemlich blond. Warum willst du das wissen?“

„Ich bin nur neugierig.“

Rolver spielte einen neuen Lauf auf dem *kiv*. „Jetzt verstehe ich. Mein lieber Freund, du bist von sehr mißtrauischer Natur! Schau.“ Er drehte sich um und teilte am Nacken die Falten seiner Maske. Rolver war tatsächlich blond. „Bist du jetzt zufrieden?“

„O ja. Sag mal, hättest du etwa eine andere Maske, die du mir leihen könntest? Ich habe diese Mondmotte allmählich satt.“

„Ich fürchte nein“, antwortete Rolver. „Du brauchst jedoch nur in einen Maskenmacherladen zu gehen und eine auszuwählen.“

„Ja, natürlich . . .“ Er verabschiedete sich von Rolver und kehrte nach Fan zurück. Als er an Welibus' Büro vorbeikam, zögerte er, dann trat er ein. Heute trug Welibus eine erstaunliche Schöpfung aus grünen Glasprismen und Silberperlen, eine Maske, die Thissell noch nie gesehen hatte.

Welibus begrüßte ihn mit vorsichtiger *kiv*-Begleitung. „Guten Morgen, Ser Mondmotte.“

„Ich will dir nicht viel Zeit stehlen“, sagte Thissell, aber ich habe dir eine ziemlich persönliche Frage zu stellen. Welche Farbe hat dein Haar?“

Welibus zögerte einen Sekundenbruchteil, dann drehte er sich um und hob die Klappe seiner Maske an. Thissell sah dicke schwarze Locken. „Ist damit deine Frage beantwortet?“ erkundigte sich Welibus.

„Völlig“, erwiderte Thissell, überquerte die Esplanade und ging weiter zu Kershauls Hausboot. Der begrüßte ihn ohne jede Begeisterung, lud ihn jedoch ein, auf das Boot zu kommen.

„Ich möchte dir eine Frage stellen“, sagte Thissell. „Welche Farbe hat dein Haar?“

„Der klägliche Rest ist schwarz. Warum willst du das wissen?“

„Aus Neugier.“

„Na, komm schon, da steckt doch mehr dahinter“, hielt ihm Kershaul voll ungewohnter Schroffheit vor.

Das gab Thissell zu, weil er Rat brauchte. „Es ist so: Ein

toter Außenweltler wurde diesen Morgen im Hafen gefunden. Sein Haar war braun. Ich bin nicht ganz sicher, aber es steht drei zu zwei, daß Angmarks Haar schwarz ist."

„Wie kommst du zu dieser Annahme?"

„Diese Information erhielt ich über Rolver. Er hat blondes Haar. Wenn Angmark Rolvers Identität angenommen hätte, würde er natürlich auch alle Informationen ändern, die ich diesen Morgen bekam. Ihr beide, du und Welibus, ihr gebt zu, schwarzes Haar zu haben."

„Hm", meinte Kershaul. Sehen wir mal, ob ich deiner Logik richtig folge. Du glaubst, Haxo Angmark habe entweder Rolver, Welibus oder mich getötet und des Toten Identität angenommen. Ja?"

Thissell schaute ihn erstaunt an. „Du selbst sagtest doch, Angmark würde sich selbst verraten, würde er sich einen Außenweltlerhaushalt einrichten. Erinnerst du dich?"

„Oh, gewiß. Rolver übergab dir eine Botschaft, daß Angmark dunkel sei, und sagte, er selbst sei blond."

„Ja. Kannst du das bestätigen? Ich meine, für den alten Rolver?"

„Nein", erwiderte Kershaul traurig. „Ich habe weder Rolver noch Welibus je ohne Maske gesehen."

„Ist Rolver nicht Angmark, und wenn Angmark wirklich schwarzes Haar hat, so bist du ebenso im Verdacht wie Welibus."

„Sehr interessant", antwortete Kershaul und musterte Thissell mißtrauisch. „Auch du selbst könntest Angmark sein. Wie ist deine Haarfarbe?"

„Braun", erwiderte Thissell kurz und hob am Hinterkopf den grauen Pelz der Mondmotte an.

„Aber du kannst mich ja wegen des Textes der Mitteilung belügen."

„Tu ich nicht. Wenn du willst, kannst du das bei Rolver nachprüfen."

Kershaul schüttelte den Kopf. „Nicht nötig. Ich glaube

dir. Aber noch etwas: Du hast uns doch alle gehört, ehe Angmark ankam. Gibt es in den Stimmen keine Hinweise?"

„Nein. Ihr klingt doch alle ganz verschieden voneinander, und außerdem dämpft die Maske jede Stimme."

Kershaul zupfte an seinem Ziegenbärtchen. „Ich sehe keine sofortige Lösung dieses Problems." Er lachte leise. „Ist die denn auch nötig? Vor Angmarks Ankunft gab es Rolver, Welibus, Kershaul und Thissell. Und jetzt gibt es aus praktischen Gründen noch immer Rolver, Welibus, Kershaul und Thissell. Wer wollte behaupten, das neue Mitglied sei nicht eine Verbesserung gegenüber dem alten?"

„Ein interessanter Gedanke", gab Thissell zu, „aber ich habe zufällig ein persönliches Interesse an Angmarks Identifizierung. Meine Karriere steht auf dem Spiel."

„Ah, ich verstehe", murmelte Kershaul. „Die Sache spielt also zwischen dir und Angmark."

„Willst du mir helfen?"

„Nicht aktiv. Der sirenische Individualismus hat mich schon verdorben. Ich denke, Rolver und Welibus reagieren ähnlich." Er seufzte. „Wir sind alle schon zu lange hier."

Thissell stand in Gedanken versunken da, und Kershaul wartete geduldig eine ganze Weile. „Hast du sonst noch Fragen?"

„Nein. Ich muß dich nur um einen Gefallen bitten."

„Den erfülle ich dir gerne, wenn es mir möglich ist", versprach Kershaul höflich.

„Gib oder leih mir einen deiner Sklaven, nur für eine Woche oder zwei."

Kershaul spielte auf der *ganga* einen amüsierten Triller. „Ich mag mich kaum von einem meiner Sklaven trennen. Sie kennen mich und meine Art . . ."

„Du bekommst ihn zurück, sobald ich Angmark habe."

„Na schön." Er ratterte auf seinem *hymerkin* einen Ruf,

und ein Sklave erschien. „Anthony“, sang Kershaul, „du gehst mit Ser Thissell und dienst ihm für eine kurze Zeit.“

Thissell nahm Anthony mit zu seinem Hausboot und fragte ihn umständlich aus. Ein paar Antworten notierte er auf eine Karte. Dann verpflichtete er Anthony, nichts von dem zu sagen, was geschehen war, und übertrug ihn der Fürsorge von Toby und Rex. Er gab noch Anweisung, das Hausboot vom Dock wegzubringen und bis zu seiner Rückkehr keinen Menschen an Bord zu lassen.

Wieder einmal machte er sich auf den Weg zum Landefeld und fand Rolver bei einem Gericht aus gewürztem Fisch; dazu aß er die zerrupfte Rinde des Salatbaums und eine Schüssel heimischer Beeren. Rolver schlug einen Befehl auf dem *hymerkin* an, worauf ein Sklave sofort ein Gedeck für Thissell brachte. „Wie geht es mit deinen Ermittlungen voran?“ fragte er.

„Gar nicht besonders“, erwiderte Thissell. „Könnte ich vielleicht auf deine Hilfe rechnen?“

Rolver lachte kurz. „Du hast meine guten Wünsche.“

„Konkret gesagt, ich möchte mir von dir für kurze Zeit einen Sklaven ausborgen. Nur vorübergehend.“

Rolver hörte zu essen auf. „Wofür denn?“

„Das erkläre ich lieber nicht. Aber es ist keine müßige Bitte.“

Rolver rief einen Sklaven herbei und übergab ihn etwas mürrisch an Thissell.

Auf dem Rückweg zu seinem Hausboot hielt Thissell bei Welibus' Büro an. Der schaute von seiner Arbeit auf. „Guten Nachmittag, Ser Thissell.“

Dieser kam sofort zum Zweck seiner Vorsprache. „Ser Welibus, willst du mir für ein paar Tage einen Sklaven leihen?“

Der zuckte die Schultern. „Warum nicht?“ Er schlug sein *hymerkin,* ein Sklave erschien. „Ist er richtig? Oder hättest du lieber ein junges Weib?“ Er lachte dazu vielsagend.

„Er genügt schon. In ein paar Tagen bringe ich ihn zurück.“

„Hat keine Eile.“ Welibus winkte ab und begab sich wieder an seine Arbeit.

Auf seinem Hausboot fragte Thissell die beiden neuen Sklaven getrennt voneinander aus und machte auf der Karte ein paar Notizen.

Dann senkte sich eine weiche Dämmerung auf den Titanic herab. Toby und Rex ruderten das Hausboot weg vom Dock, hinaus in das seidige Wasser. Thissell saß auf dem Deck und hörte den leisen Stimmen zu, dem Schwirren und Klingeln der Musikinstrumente; die Lichter von den anderen Hausbooten glühten gelb und wassermelonenrot. Die Küste lag dunkel da. Später würden dann die Nachtmänner herumschleichen, den Abfall durchwühlen und voll Neid über das Wasser starren.

In neun Tagen würde die *Buenaventura* an Sirene fahrplanmäßig vorbeikommen. Thissell hatte Befehl, nach Polypolis zurückzukehren. Konnte er in diesen neun Tagen Haxo Angmark finden?

Zwei Tage vergingen, dann drei, vier und fünf. Täglich ging Thissell an den Strand und besuchte wenigstens einmal täglich Rolver, Welibus und Kershaul.

Alle reagierten unterschiedlich auf seine Anwesenheit. Rolver tat höhnisch und gereizt, Welibus formell und wenigstens oberflächlich liebenswürdig, Kershaul mild und freundlich, jedoch unpersönlich und Abstand wahrend.

Thissell blieb gleichmütig bei Rolvers säuerlichen Witzen, Welibus' Lustigkeit und Kershauls Distanz. Und jeden Tag machte er, sobald er auf sein Hausboot zurückkehrte, Notizen auf seiner Karte.

Der sechste, siebente und achte Tag verging. Rolver fragte voll direkter Brutalität, ob Thissell mit der *Buena-*

ventura reisen wolle. Thissell überlegte und sagte: „Ja, du solltest mir besser eine Passage reservieren.“

„Zurück also zur Welt der Gesichter.“ Rolver schüttelte sich. „Gesichter! Überall diese blassen, fischäugigen Gesichter! Münder wie Mus, Nasen wie Rüben und mit groben Poren, platte, labbrige Gesichter. Ich glaube, das könnte ich nach einem Leben hier nicht mehr ertragen. Zum Glück bist du noch kein richtiger Sirener geworden.“

„Ich gehe aber nicht zurück“, erklärte Thissell.

„Ich dachte, ich sollte eine Passage reservieren.“

„Sicher. Für Haxo Angmark. Er wird mit der Brigg nach Polypolis zurückkehren.“

„Na, schön. Du hast ihn also gefunden.“

„Natürlich. Du nicht?“

Rolver zuckte die Schultern. „Er ist entweder Welibus oder Kershaul, noch genauer kann ich's nicht sagen. Solange er seine Maske trägt und sich Welibus oder Kershaul nennt, ist mir's egal.“

„Mir nicht. Um welche Zeit morgen startet der Leichter?“

„Elfzweiundzwanzig, ganz genau. Wenn Haxo Angmark abreist, dann sag ihm, er soll pünktlich sein.“

„Er wird hier sein“, antwortete Thissell.

Dann machte er seinen üblichen Besuch bei Welibus und Kershaul, kehrte zu seinem Hausboot zurück und setzte drei letzte Vermerke auf seine Karte.

Der Beweis war ganz eindeutig; nicht absolut unbezweifelbar, jedoch ausreichend für einen entscheidenden Schritt. Er prüfte seine Pistole nach. Morgen war der Tag der Entscheidung. Einen Irrtum konnte er sich nicht leisten.

Der neue Tag stieg klar herauf, der Himmel schimmerte wie die Innenseite einer Austernschale. Mireille erhob sich aus perlfarbenen Nebeln. Toby und Rex ruderten das Hausboot zum Dock. Die anderen drei Außenweltlerhausboote schaukelten ruhig auf der leichten Dünung.

Ein Boot beobachtete Thissell ganz besonders, das nämlich, dessen Besitzer Haxo Angmark getötet und in den Hafen geworfen hatte. Dieses Boot bewegte sich nun auch auf die Küste zu, und Haxo Angmark stand am Vordeck. Er trug eine Maske, die Thissell noch nie vorher gesehen hatte: eine Schöpfung aus scharlachroten Federn, schwarzem Glas und grünem, zu Spitzen gewachstem Haar.

Thissell mußte seine Haltung bewundern. Ein gerissener Plan, der klug ausgeführt war, doch eine unüberwindliche Schwierigkeit verdarb ihn.

Angmark kehrte ins Boot zurück, ehe es am Dock anlegte. Sklaven warfen die Haltetaue aus und ließen die Gangplanken herab. Thissell hatte seine Pistole in der Taschenklappe seiner Kleidung, ging das Dock entlang und betrat das Boot. Er stieß die Tür zum Salon auf. Der Mann am Tisch hob erstaunt die rot-schwarz-grüne Maske.

Thissell sagte: „Angmark, mache bitte keine Geschichten."

Von rückwärts her stieß ihn etwas Hartes, Schweres nach vorn, er stürzte zu Boden, die Waffe wurde ihm geschickt entwunden. Hinter ihm klimperte das *hymerkin*. Eine Stimme sang: „Bindet die Arme des Narren!"

Der am Tisch sitzende Mann stand auf, nahm die rot-schwarz-grüne Maske ab und enthüllte die schwarze Stoffmaske eines Sklaven. Thissell verdrehte den Kopf. Über ihm stand Haxo Angmark mit der Maske eines Drachenzähmers, die aus schwarzem Metall bestand, eine messerscharfe Nase und dicke Augenlider hatte, und über den ganzen Skalp liefen drei Kammwülste.

Der Ausdruck der Maske war unbestimmbar, doch Angmarks Stimme klang triumphierend: „Ah, ich lockte dich leicht in die Falle!"

„Ja, das ist richtig", gab Thissell zu. Der Sklave knotete seine Handgelenke zusammen. Angmarks *hymerkin* schickte ihn mit Geklapper weg. „Steh auf und setz dich in diesen Stuhl“, sagte Angmark.

„Worauf wartest du noch?“ fragte Thissell.

„Zwei von unseren Leuten bleiben draußen auf dem Wasser. Wir brauchen sie nicht für das, was wir vorhaben.“

„Und das ist was?“

„Du wirst es rechtzeitig erfahren. Wir haben noch etwa eine Stunde Zeit.“

Thissell probierte seine Fesseln, doch die waren sicher. Angmark setzte sich. „Wie bist du auf mich gekommen?“ fragte er. „Ich bin neugierig . . . Komm, komm . . . Willst du nicht anerkennen, daß ich dich übertölpelt habe? Du machst die Sache nur viel unangenehmer für dich selbst.“

Thissell zuckte die Schultern. „Ich arbeitete nach einem Grundprinzip. Ein Mann kann sein Gesicht maskieren, jedoch nicht seine Persönlichkeit.“

„Aha. Wie interessant. Nun, sprich weiter.“

„Ich borgte mir einen Sklaven von dir und den beiden anderen Außenweltlern und fragte sie sorgfältig aus. Welche Masken hatten ihre Herren getragen in dem Monat vor deiner Ankunft? Ich legte eine Karte an und notierte ihre Antworten. Rolver trug den Tarnvogel zu achtzig Prozent der Zeit, den Rest teilte er auf zwischen der Sophisten-Abstraktion und der Schwarzen Intrikation. Welibus hatte mehr Geschmack für die Helden des Kan-Dachan-Kreises. Er trug den Chalekun, den Prinzen Intrepid, den Seavain an sechs von acht Tagen. Die anderen beiden Tage wählte er Südwind oder seinen Fröhlichen Gesellen. Kershaul war konservativer, er zog die Höhleneule oder den Sternenwanderer vor, und gelegentlich trug er noch zwei oder drei andere Masken.

Diese Informationen erhielt ich von den Sklaven, der genauesten Quelle. Mein nächster Schritt war der, euch drei genau zu beobachten. Täglich notierte ich, welche Masken ihr trugt, und verglich alles mit meiner Karte. Rolver trug den Tarnvogel sechsmal, die Schwarze Intrikation zweimal. Kershaul fünfmal seine Höhleneule, den Sternenwanderer einmal, den Quincunx auch einmal, und sein Ideal der Perfektion einmal. Welibus hatte zweimal den Smaragdberg, dreimal den Dreifachen Phönix, den Prinzen Intrepid einmal, den Haigott zweimal."

Angmark nickte nachdenklich. „Ich sehe meinen Fehler. Ich wählte eine von Welibus' Masken, aber nach meinem eigenen Geschmack, und damit verriet ich mich, doch nur dir gegenüber." Er ging zum Fenster. „Kershaul und Rolver kommen nun an die Küste. Bald gehen sie ihren Geschäften nach, wenn ich auch daran zweifle, daß sie sich einmischen werden. Beide sind gute Sirener geworden."

Thissell wartete schweigend. Zehn Minuten vergingen. Dann nahm Angmark ein Messer von einem Brett und sah Thissell an. „Steh auf!" befahl er.

Langsam erhob sich Thissell. Angmark kam von der Seite her und hob Thissells Mondmottenmaske vom Gesicht. Thissell machte den vergeblichen Versuch, sie festzuhalten. Zu spät. Sein Gesicht war nackt und kahl.

Angmark drehte sich weg, nahm seine eigene Maske ab und setzte die Mondmotte auf. Er schlug einen Ruf auf seinem *hymerkin*. Zwei Sklaven traten ein und blieben geschockt stehen, als sie Thissell sahen.

Angmark spielte einen scharfen Wirbel. „Tragt diesen Mann zum Dock hinauf."

„Angmark, ich habe doch keine Maske auf!" rief Thissell.

Die Sklaven ergriffen ihn, und trotz heftiger Gegenwehr schleppten sie ihn aufs Deck hinauf und weiter zum Dock.

Angmark legte ein Seil um Thissells Hals. „Du bist jetzt Haxo Angmark, und ich bin Edwer Thissell", sagte er. „Welibus ist tot, und du wirst auch bald tot sein. Ich kann deinen Job leicht tun. Ich spiele die Musikinstrumente wie ein Nachtmensch und singe wie eine Krähe. Ich trage die Mondmotte, bis sie mir vom Gesicht fällt, und dann erwerbe ich eine neue. Der Bericht geht nach Polypolis, daß Haxo Angmark tot ist. Alles wird in bester Ordnung sein."

Thissell hörte es kaum. „Das kannst du nicht tun", flüsterte er. „Meine Maske . . . mein Gesicht . . ." Eine große, dicke Frau mit einer blau-rosa Blumenmaske kam das Dock entlang, sah Thissell und tat einen schrillen Schrei, gleichzeitig warf sie sich der Länge nach zu Boden.

„Komm nur mit", forderte ihn Angmark heiter auf, zerrte am Seil und schleppte Thissell das Dock entlang. Ein Mann mit der Maske eines Piratenkapitäns kam aus seinem Hausboot und stand starr vor Staunen da.

Angmark spielte das *zachinko* und sang: „Sieh dir den berüchtigten Verbrecher Haxo Angmark an! Sein Name ist auf allen Außenwelten verhaßt, doch jetzt ist er gefangen und wird in Schande zu seinem Tod geführt. Das hier ist Haxo Angmark!"

Sie bogen in die Esplanade ein. Ein Kind schrie vor Angst, ein Mann rief heiser etwas, Thissell stolperte, und Tränen stürzten aus seinen Augen. Er konnte nur noch undeutliche Umrisse und verzerrte Farben erkennen. Angmarks Stimme bellte: „Jeder schaue her, der Verbrecher der Außenwelten Haxo Angmark! Kommt und seht zu, wie er hingerichtet wird!"

„Ich bin nicht Angmark, ich bin Edwer Thissell", rief Thissell mit schwacher Stimme. „Er ist Angmark!" Aber niemand hörte auf ihn. Alle schrien vor Ekel, Schock und Zorn, als sie sein Gesicht sahen. „Gib mir meine Maske oder wenigstens ein Sklaventuch!" jammerte er.

„In Schande hat er gelebt!" jubelte Angmark, „in maskenloser Scham stirbt er."

Ein Waldkobold stand vor Angmark. „Mondmotte, wir treffen uns wieder."

„Geh weg, Freund Kobold", sang Angmark, „ich muß diesen Verbrecher zu Tode bringen. In Schande gelebt, in Schande gestorben!"

Um die Gruppe hatte sich nun eine Menge angesammelt. In morbider Faszination starrten die Masken Thissell an. Der Waldschrat entriß Angmark das Seil und warf es zu Boden. Die Menge kreischte. „Nein, kein Duell, bringt das Monster um!“ schrien ein paar.

Über Thissells Kopf wurde ein Tuch geworfen, und nun erwartete er einen Schwertstreich. Aber seine Fesseln wurden aufgeschnitten. Hastig zog er das Tuch zurecht, so daß es sein Gesicht verhüllte.

Vier Männer hielten Haxo Angmark fest. Der Waldschrat spielte auf seinem *skaranyi* und pflanzte sich vor Angmark auf. „Vor einer Woche versuchtest du, mich meiner Maske zu entkleiden, nun hast du dein perverses Ziel erreicht.“

„Aber er ist doch ein Verbrecher!“ schrie Angmark. „Er ist berüchtigt. Sehr sogar.“

„Welches sind seine Untaten?“ sang der Waldschrat.

„Er hat gemordet und betrogen, er hat Schiffe zerstört, er hat gefoltert, erpreßt, geraubt und Kinder in die Sklaverei verkauft. Er hat . . .“

Der Waldkobold gebot Einhalt. „Deine religiösen Differenzen sind unwichtig. Wir können aber deine jetzigen Verbrechen beschwören.“

Der Stallknecht trat vor. Wild sang er: „Diese freche Mondmotte versuchte vor neun Tagen, mein bestes Reittier zu stehlen.“

Ein anderer Mann drängte sich durch. Er trug einen Universal-Experten und sang: „Ich bin ein Maskenmachermeister. Ich erkenne diesen Außenweltler, die Mondmotte. Erst kürzlich kam er in meinen Laden und zweifelte an meiner Meisterschaft. Er verdient den Tod!“

„Tod dem Außenweltmonster!“ schrie die Menge. Viele Männer drängten heran. Klingen hoben und senkten sich, es war geschehen.

Thissell sah zu und konnte sich nicht bewegen. Der Waldschrat näherte sich ihm und spielte das *stimic*. „Für dich haben wir Mitleid", sang er streng, „aber auch Verachtung. Ein wahrer Mann hätte nie eine solche Würdelosigkeit ertragen!"

Thissell holte tief Atem. Er griff an seinen Gürtel und fand sein *zachinko.* „Mein Freund, du tust mir unrecht!" sang er. „Erkennst du nicht den wahren Mut? Wäre es dir nicht lieber, im Kampf zu sterben, als maskenlos über die Esplanade zu gehen?"

„Da gibt es nur eine Antwort", sang der Waldkobold. „Eher würde ich im Kampf sterben. Diese Schande könnte ich nicht ertragen."

„Wie sollte ich mit gebundenen Händen kämpfen?" sang Thissell zurück. „Durch meine Schande konnte ich meinen Feind besiegen. Du gibst zu, daß dir *strakh* für diese Tat fehlt. Ich habe mich als Held erwiesen! Ich frage, wer hier hat den Mut, das zu tun, was ich tat?"

„Mut?" fragte der Waldschrat. „Ich fürchte nichts außer den Tod von den Händen der Nachtmenschen." Er trat einen Schritt zurück und spielte sein Doppel-*kamathil.* „Tapferkeit, wenn dies dein Motiv war."

Der Stallknecht spielte ein paar leise Akkorde auf dem *gomapard* und sang: „Nicht einer unter uns wagte das, was dieser maskenlose Mann getan hat." Die Menge murmelte Zustimmung.

Der Maskenmacher ging auf Thissell zu und sang zu seinem Doppel-*kamathil:* „Bitte, Herr Held, tritt in meinen nahen Laden und ersetze diesen armseligen Fetzen durch eine Maske, die deiner Würde entspricht."

„Bevor du wählst", ließ sich ein anderer Maskenmacher vernehmen, „Herr Held, schau dir meine Kreationen an!"

Verehrungsvoll näherte sich ein Strahlender Himmelsvogel. „Ich habe eben ein üppiges Hausboot fertig. Siebzehn Jahre arbeitete ich eifrig daran. Gewähre mir das Glück, dieses herrliche Boot zu benützen. Tüchtige Sklaven sind an Bord, dir zu dienen, auch angenehme Mädchen. Es gibt genug Wein und seidene Teppiche auf den Decks."

„Danke", antwortete Thissell und strich das *zachinko* mit Gefühl und Selbstvertrauen. „Mit Vergnügen nehme ich an. Aber erst eine Maske!"

Der Maskenmacher stellte eine Frage mit dem *gomapard.* „Würde der Herr Held einen Seedrachenbesieger als unter seiner Würde betrachten?"

„Nein, natürlich nicht", sagte Thissell. „Ich finde, die Maske ist genau richtig. Wir werden sie jetzt besichtigen."

Das Gehirn der Galaxis

Hier war Musik, das Schleifen von Füßen auf gewachstem Boden, buntes Licht, Duft, gedämpftes Gespräch und Lachen.

Arthur Caversham aus Boston spürte Luft an seiner Haut und entdeckte, daß er splitterfasernackt war.

Es war Janice Pagets Einführungsparty in die Gesellschaft. Dreihundert Gäste in Abendkleidung umgaben ihn. Er fühlte nur Entsetzen, seine Erinnerung war vernebelt, und er fand keinen Anker der Sicherheit.

Er stand ein wenig von den anderen entfernt, gegenüber der rotgoldenen Orgel, wo das Orchester saß. Büfett, Punschbowle, Sektwagen und die Clowns, die dort bedienten, standen rechts, links lag der Garten vor dem Zirkuszelt, der jetzt mit Reihen bunter Lichter erhellt war, die rot, gelb, grün und blau schaukelten. Auf dem Rasen erblickte er das Karussell.

Warum war er hier? Er wußte es nicht. Die Nacht war warm, und er fühlte sich nicht unbehaglich. Die anderen jungen Männer, die voll bekleidet waren, mußten ziemlich naßgeschwitzt sein . . . Eine Idee zupfte an der Kante seines Bewußtseins, nagte und neckte. Diese Sache hier mußte doch einen bestimmten Zweck haben. Sie kam nicht an die Oberfläche seines Bewußtseins, sondern blieb immer knapp darunter.

Ein paar junge Männer neben ihm waren weggegangen. Er hörte fröhliches Gelächter und erstaunte Rufe. Ein Mädchen tanzte an ihm vorbei, sah ihn, tat einen entsetzten Schrei und riß kichernd und errötend ihre Augen von ihm los.

Etwas stimmte nicht. Diese jungen Leute waren über seine nackte Haut bestürzt und erstaunt – oder verlegen. Das drängende Gefühl schwamm näher an die Oberfläche. Er mußte etwas tun. Solche Tabus konnten nicht ohne schwere Konsequenzen mißachtet werden, das wußte er. Er hatte keine Kleider. Also mußte er sich diese beschaffen.

Er schaute sich um und sah die jungen Männer, die ihn amüsiert, angewidert oder neugierig musterten. An einen von letzteren wandte er sich.

„Wo kann ich irgendwelche Kleider bekommen?“

Der junge Mann zuckte die Schultern. „Wo haben Sie die Ihren gelassen?“

Zwei stämmige Männer in dunkelblauen Uniformen betraten das Zelt; Arthur Caversham sah sie aus den Augenwinkeln heraus, und sein Geist arbeitete voll fieberhafter Verzweiflung. Dieser junge Mann erschien ihm typisch für die anderen. Wie konnte er ihn beeindrucken? Wenn er die richtige Saite anschlug, konnte er sicher zur Hilfe bewegt werden.

Aber wie?

Sympathie?

Drohungen?

Aussicht auf Vorteile oder Belohnung?

Caversham gefiel nichts von alldem. Weil er gegen ein Tabu verstoßen hatte, durfte er nicht mit Sympathie rechnen, eine Drohung würde Widerstand zur Folge haben, und Vorteile hatte er nicht zu bieten. Er mußte es viel geschickter anfangen. Junge Männer, überlegte er, schlossen sich leicht zu Geheimgesellschaften zusammen. Das traf auf alle tausend Kulturen zu, die er studiert hatte. Lang-Häuser, Drogenkulte, Instrumente sexueller Einweihung – egal wie man es nennen wollte, die äußeren Aspekte waren nahezu überall die gleichen: schmerzhafte Einführung, geheime Zeichen und Paßworte, Gleichförmigkeit der Gruppe, Verpflichtung zum Dienst. War dieser junge Mann Mitglied einer solchen Gesellschaft, so mochte er reagieren, wenn man an seinen Gruppen-Geist appellierte.

„Ich kam durch die Bruderschaft in diese heikle Lage", sagte er zu dem jungen Mann. „Im Namen dieser Bruderschaft bitte ich sie, mir passende Kleider zu besorgen."

Der junge Mann war verblüfft. „Bruderschaft? Sie meinen wohl die Fraternität?" Sein Gesicht erhellte sich. „Ist das ein Coup der Höllenwoche?" Er lachte. „Wenn, dann gehen Sie auch wirklich bis zum Ende."

„Ja, wirklich", sagte Arthur Caversham. „Meine Fraternität."

„Kommen Sie mit. Aber schnell, hier sind schon die Gesetzeshüter. Wir schlüpfen unter dem Zelt durch. Ich leihe Ihnen meinen Mantel, bis Sie zu Ihrem Haus zurückkehren können."

Die beiden Uniformierten schoben sich zwischen den Tänzern durch und waren schon in der Nähe. Der junge Mann hob die Zeltklappe an, Arthur Caversham duckte sich, sein Freund folgte. Miteinander rannten sie durch die buntgetönten Schatten zu einer kleinen lustig rot und weiß bemalten Bude beim Zelteingang.

„Sie bleiben außer Sicht", sagte der junge Mann. „Ich hole meinen Mantel."

„Fein", sagte Arthur Caversham.

„Wo ist Ihr Haus? Und wo gehen Sie studieren?" fragte der andere.

Verzweifelt suchte Arthur Caversham nach einer Antwort. Ein einziger Punkt kam ihm zum Bewußtsein. „Ich bin aus Boston."

„Boston U? Oder M.I.T.? Oder Harvard?"

„Harvard."

„Ah." Der junge Mann nickte. „Ich bin Washington und Lee. Und Ihr Haus?"

„Das darf ich nicht sagen."

„Oh!" Der junge Mann war verwundert, jedoch zufrieden. „Nun, nur noch eine Minute . . ."

Bearwald der Halforn hielt vor Verzweiflung und Erschöpfung an. Die Reste seines Zuges lagen um ihn herum auf dem Boden, und sie schauten dorthin, wo der Rand der Nachtfeuer flackerte.

Der Puls einer fernen Trommel berührte Bearwalds Haut; sie war nur ganz schwach zu hören. Viel näher war ein heiserer, menschlicher Angstschrei, dann ein nichtmenschlicher, triumphierender Beuteruf. Die Brands waren groß, schwarz, wie Menschen geformt, aber nicht menschlich. Sie hatten Augen wie rote Glaslampen und grellweiße Zähne, und diese Nacht schienen sie sämtliche Menschen der Welt abschlachten zu wollen.

„Runter!" zischte Kanaw, sein rechter Waffenmann, und Bearwald duckte sich. Vor dem hellen Himmel marschierte eine Kolonne großer Brand-Krieger, die sich fröhlich dabei wiegten.

„Männer, wir sind dreizehn", sagte Bearwald plötzlich. „Wenn wir Arm an Arm mit diesen Monstern kämpfen sollen, sind wir hilflos. Heute sind sie alle in den Bergen, ihr Lager muß fast verlassen sein. Was können wir verlieren, wenn wir es in Brand stecken? Doch nur unser Leben, und was ist das jetzt wert?"

„Unser Leben ist nichts", sagte Kanaw. „Also gehen wir sofort."

„Möge unsere Rache groß sein", ließ sich Broctan, der linke Waffenmann, vernehmen. „Möge das Lager der

Brands am kommenden Morgen ein Aschenhaufen sein ..."

Düster lag der Mount Medallion vor ihnen; der ovale Lagerhaufen befand sich im Pangborntal. Am Eingang dieses Tales teilte Bearwald seine Truppe in zwei Hälften und übergab Kanaw den einen Teil. „Wir bewegen uns, zwanzig Meter voneinander getrennt, leise vorwärts. Scheucht die eine Gruppe einen Brand auf, so kann ihn die andere von hinten angreifen und töten, ehe das ganze Tal alarmiert ist. Habt ihr alle verstanden?" Sie nickten. „Gut. Also vorwärts zum Lager."

Das ganze Tal stank nach saurem Leder. Vom Lager her kam gedämpftes Klirren. Der Boden war weich mit Moos bedeckt, sie konnten sich also lautlos bewegen. Bearwald sah, geduckt, wie er sich hielt, die Umrisse seiner Männer vor dem Himmel, dessen Indigo einen violetten Rand hatte. Im Süden, am Fuß des Hanges, brannte Echevasa wie ein böses Auge.

Ein Geräusch. Bearwald zischte, die Leute erstarrten und warteten. *Tap-tap* kamen die Schritte, dann ein heiserer Wutschrei.

„Tötet das Biest!" schrie Bearwald.

Der Brand schwang seine Keule wie eine Sense und riß einen Mann mit herum. Bearwald tat einen Satz, schlug mit seinem Schwert zu und roch den heißen Strom Brand-Blut.

Das Klirren im Lager hatte aufgehört, Brand-Schreie drangen durch die Nacht. „Vorwärts", keuchte Bearwald, „heraus mit eurem Zunder, brennt den ganzen Haufen nieder! Brennt, brennt!"

Er rannte jetzt offen weiter, vor ihm lag die dunkle Kuppel des Haufens. Kleine Brands kamen quiekend und quäkend herausgelaufen, mit ihnen kamen die Alten, Ungeheuer von sechs Metern Länge, die auf Händen und Füßen liefen.

„Töten!" schrie Bearwald der Halforn. „Töten! Feuer, Feuer!"

Er lief weiter zum Haufen, duckte sich, schlug Feuer; der mit Salpeter getränkte Lappen flammte auf. Bearwald legte Stroh darauf und warf ihn gegen den Haufen. Das Mark der dicken Halme brutzelte.

Eine Horde junger Brands drang auf ihn ein, er sprang sie an. Sein Schwert hob und senkte sich; für seine wilde Wut waren sie zu schwache Gegner. Einer der großen Brand-Greise kam herangekrochen, dann waren es drei mit geschwollenen Bäuchen, und von ihnen ging übler Gestank aus.

„Feuer aus!" schrie der erste. „Die Große Mutter ist drinnen, sie ist furchtbar und kann sich nicht bewegen ... Feuer, wehe! Zerstörung!" jammerte sie. „Wo sind die Mächtigen? Wo sind unsere Krieger?"

Trumm-wumm ... kam das Dröhnen der Felltrommeln. Durch das Tal rollte das Echo der heiseren Brand-Stimmen.

Bearwald zog sich ein paar Schritte vom Feuer zurück, dann schlug er einem kriechenden Greis den Kopf ab, sprang wieder zurück ... Wo waren seine Männer? „Kanaw!" rief er. „Laida! Theyat! Gyorg! Broctan!"

Er drehte den Hals, sah aber nur das Flackern der Feuer. „Männer, tötet die kriechenden Mütter!" Wieder tat er einen Satz voran, hackte und hieb, und wieder stöhnte ein Brand-Greis und rollte tot weg.

Nun schienen die Brands alarmiert zu sein, das triumphierende Trommeln hörte auf; dafür war das Trommeln rennender Füße zu hören.

Hinter Bearwalds Rücken brannte der Lagerhaufen und gab angenehme Hitze ab. Aus ihm heraus kamen schrille Angst- und Schmerzensschreie.

Im Licht der Flammen sah er die angreifenden Brand-Krieger. Ihre Augen glühten wie Kohlen, die Zähne waren weiße Funken. Sie schwangen ihre Keulen, und Bearwald griff fester um sein Schwert, denn er war zu stolz, um zu fliehen.

Ceistan setzte seinen Luftschlitten auf den Boden und saß ein paar Minuten lang da, um die tote Stadt Therlatch zu mustern: eine Mauer aus Lehmziegeln von mehr als dreißig Metern Höhe, ein verstaubtes Portal, ein paar zerfallende Dächer über den Mauerzinnen. Hinter der Stadt breitete sich die Wüste aus bis zu den dunstverhangenen Umrissen der Altilune-Berge am Horizont, die im Licht der Zwillingssonnen Mig und Pag rosig schimmerten.

Von oben her hatte er kein Lebenszeichen bemerkt, es auch nach tausend Jahren der Verlassenheit nicht erwartet. Vielleicht würden noch ein paar Sandkriecher in der Hitze der alten Basare wühlen, vielleicht wohnten in den Ruinen noch ein paar Katzentiere. Die Straßen würden seine Anwesenheit voll Erstaunen zur Kenntnis nehmen.

Ceistan sprang vom Luftschlitten ab und ging auf das Portal zu. Er schritt durch und blickte nach links und rechts. In der pergamenttrockenen Luft sahen die Gebäude ewig aus. Der Wind hatte alle Ecken und Kanten gerundet, das Glas war von der Hitze der Tage gesprungen und vom Frost kalter Nächte. Unter den Türen und Durchgängen hatten sich Sanddünen angesammelt.

Drei Straßen führten weg vom Portal, jede war staubig, schmal und wand sich etwa nach hundert Metern außer Sicht. Welche sollte er wählen?

Nachdenklich rieb er sich das Kinn. Irgendwo in der Stadt lag eine mit Metallbändern gesicherte Truhe mit der Krone und dem Schild-Pergament. Nach der Tradition enthielt es die Freiheit der Lehenshalter von der Energiesteuer. Glay war Ceistans Lehensherr und hatte von dem Pergament gesprochen als dem Beweis für die Rechtmäßigkeit seines Tuns, und diesen Beweis sollte er nun antreten. Jetzt lag er im Gefängnis, war der Rebellion angeklagt und würde am Morgen an den Boden eines Luftschlittens genagelt werden, mit dem er nach Westen geschickt wurde, wenn nicht Ceistan mit dem Pergament zurückkehrte.

Nach tausend Jahren war wenig Grund für Optimismus, überlegte Ceistan. Aber Lord Glay war ein fairer Mann, und er selbst würde jeden Stein umdrehen ... Falls diese Truhe wirklich existierte, würde sie vermutlich im Gericht der alten Stadt, in der Moschee oder auch in der Altertumskammer liegen, vielleicht im Sumptuar, dem Repräsentationsbau. Überall wollte er suchen, und er hatte sich für jedes Gebäude zwei Stunden ausgerechnet. In acht Stunden schwand das rosafarbene Tageslicht.

Er folgte der mittleren Straße und kam bald zu einem Platz, an dessen Ende sich das Gerichtsgebäude erhob, daneben die Halle der Geschichtsschreibung und der Entscheidungen. Vor dem Bau blieb er stehen; innen war es düster, und kein Ton drang heraus, außer dem leichten Seufzen und Wispern des trockenen Windes. Er trat ein.

Die große Halle war leer, doch an den Wänden leuchteten rote und blaue Fresken von so frischen Farben, als seien sie gestern erst gemalt worden. An jeder Wand gab es sechs Bilder; die obere Hälfte stellte ein Verbrechen, die untere die Strafe dafür dar.

Ceistan ging weiter zur Kammer hinter der Halle, in der er nur Staub fand. Die Krypten waren nur dürftig von winzigen Fensterchen erhellt, es gab hier viel Schutt und Unrat, doch keine Truhe.

Dann trat er wieder hinaus in die klare Luft und ging weiter über den Platz zur Moschee. Durch eine große Bogentür trat er ein.

Die Segenshalle des Nunziators lag weit, nackt und reinlich da, denn der mit Platten belegte Boden wurde von einem kräftigen Luftzug saubergehalten. In der niedrigen Decke gab es tausend Öffnungen, jede führte in eine Zelle darüber, und alles war so angeordnet, daß jeder in der

Zelle den Rat des vorübergehenden Nunziators suchen konnte, ohne seine devote Haltung aufzugeben. Im Mittelpunkt dieser Halle bildete eine Glasscheibe ein Dach über einer Vertiefung. Darunter stand eine Truhe, in der Truhe eine metallbeschlagene Kiste. Hoffnungsvoll nahm Ceistan die Stufen in einem Satz.

Aber die Kiste enthielt nur Juwelen, die Tiara der Alten Königin, die Brustpanzer des Gonwand Korps, den Reichsapfel, halb Smaragd, halb Rubin, der in uralten Zeiten über die Plaza gerollt worden war, um das Vergehen des alten Jahres anzuzeigen.

Ceistan warf alles wieder zurück in die Kiste. Solche Altertümer hatten auf einem Planeten der toten Städte keinen Wert, und synthetische Edelsteine besaßen mehr Schimmer und Leuchtkraft.

Als er die Moschee verlassen hatte, studierte er die Höhe der Sonnen. Sie hatten den Zenit überschritten, und die rosafarbenen Feuerbälle senkten sich dem Westen zu. Er zögerte und überlegte, ob Truhe und Pergament nicht doch nur Gerüchte seien, die jeder Grundlage entbehrten. Über das tote Therlatch gab es viele Geschichten.

Ein Windstoß fegte über den Platz, und Ceistan hustete und spuckte. In der Wand neben ihm war ein Brunnen, den er sehnsüchtig musterte, doch in diesen toten Straßen war Wasser nicht einmal mehr eine Erinnerung.

Er schritt weiter zur Altertumskammer, betrat das große Schiff, schritt an vierkantigen hohen Säulen vorbei, die aus Lehmziegeln gebaut waren. Rosa Lichtpfeile schossen durch die Ritzen im Dach, und in dem riesenhaften Raum kam er sich wie ein Zwerg vor. An allen Seiten befanden sich verglaste Nischen, in jeder stand ein Objekt früherer Verehrung, etwa die Rüstung, in der Plange der Vorgewarnte die Blauen Flaggen anführte; die Krone der Ersten Schlange; eine ganze Reihe von Padang-Schädeln; das Brautgewand der Prinzessin Thermosteraliam, das aus spinnwebzartem Palladium bestand und so frisch aussah wie am Tag, da sie es getragen hatte; die Original-Gesetzestafeln, der Schneckenthron einer frühen Dynastie und ein Dutzend anderer Gegenstände. Aber die Truhe mit den Metallbändern war nicht darunter.

Ceistan suchte nach dem Eingang zu einer Krypta, doch der Boden war glatt, bis auf die Rillen, die der Wind und der Sand von einem Jahrtausend in den Porphyrboden gegraben hatten.

Die Sonnen waren schon hinter den Ruinendächern verschwunden und tauchten die Straßen in rötlichen Schatten, als er wieder auf den Platz trat.

Seine Füße waren bleischwer, er war mutlos, und seine Kehle brannte vor Durst. Ceistan wandte sich dem Sumptuar auf der Zitadelle zu. Die breiten Stufen führten durch ein grünspanüberzogenes Tor in einen mit lebhaften Fresken geschmückten Wandelgang. Sie zeigten die Maiden des alten Therlatch bei der Arbeit, beim Spiel, in Sorge und Freude. Es waren schlanke Wesen mit kurzem schwarzem Haar und schimmernder Elfenbeinhaut, anmutig wie Wassernixen und köstlich gerundet wie Chermoyan-Pflaumen. Im Vorübergehen sah sich Ceistan um und überlegte traurig, daß diese köstlichen Wesen heute nur noch Staub unter seinen Füßen waren.

Er folgte einem Korridor, der um das ganze Gebäude führte; von ihm aus konnte er die Kammern und Wohnräume des Sumptuars betreten. Unter seinen Füßen zerfiel der Hauch eines uralten, wundervollen Teppichs, und an den Mauern hingen modrige Fetzen, einst Wandbehänge der feinsten Webart. Am Eingang einer jeden Kammer stellte ein Fresko die Bewohnerin dar und das Zeichen, dem sie diente. An jeder Tür blieb Ceistan kurz stehen, warf einen Blick hinein und ging zur nächsten weiter. Durch die Ritzen fielen die Strahlen der sich neigenden Sonnen und zeigten ihm die Zeit an. Sie verging zu schnell.

Eine Kammer nach der anderen; in manchen standen

Truhen, in einigen Altäre, Triptychen, Taufsteine und Ölbehälter in anderen, nirgends die Truhe, die er suchte.

Noch drei Kammern hatte er durchzustehen, dann war das Licht weg.

In der ersten hing ein neuer Vorhang. Den schob er zur Seite und sah in einen Außenhof, der noch voll im schrägen Licht der Zwillingssonnen lag. Ein Brunnen sprühte Wasser über Stufen aus apfelgrüner Jade in einen so frischen, grünen Garten, wie es ihn sonst nur im Norden gab. Von einer Couch erhob sich ein erschrecktes Mädchen, das so köstlich anzusehen war wie jedes aus den Fresken. Sie hatte dunkles, kurzes Haar und ein Gesicht so rein und köstlich wie die große weiße Frangipaniblüte, die sie über dem Ohr trug.

Einen Augenblick lang sahen die beiden einander an. Da schwand ihre Angst, und sie lächelte scheu.

„Wer bist du?“ fragte Ceistan verwundert. „Bist du ein Geist, oder lebst du hier in all dem Staub?“

„Ich bin echt“, sagte sie. „Mein Heim liegt im Süden, in der Oase Palram, und dies ist die Zeit der Einsamkeit, der sich alle Mädchen der Rasse unterwerfen, die nach höheren Instruktionen streben . . . Du kannst also ohne Furcht neben mich kommen, ausruhen und von dem Wein aus Früchten trinken. Und du kannst in der einsamen Nacht mein Gefährte sein, denn dies ist die letzte Nacht meiner Einsamkeit, und ich bin es müde, allein zu sein.“

Ceistan trat einen Schritt vorwärts, doch dann zögerte er. „Ich muß erst meinen Auftrag ausführen. Ich suche die messingbeschlagene Truhe mit der Krone und dem Schild-Pergament. Weißt du etwas davon?“

Sie schüttelte den Kopf. „Hier im Sumptuar ist sie nicht.“ Sie stand auf und streckte ihre Elfenbeinarme so anmutig, wie ein Kätzchen sich streckt. „Gib deine Suche auf, ich will dich erfrischen.“

Ceistan sah sie an, dann das schwindende Licht, schaute den Korridor entlang, wo noch zwei Türen warteten. „Erst muß ich meine Suche vollenden. Das schulde ich meinem Herrn Glay, der unter einen Luftschlitten genagelt und nach Westen geschickt wird, wenn ich ihm keine Hilfe bringe."

Schmollend sagte das Mädchen: „Dann geh doch in diese staubigen Kammern und behalte deine trockene Kehle. Du wirst nichts finden, und wenn du weiter so stur bist, werde ich verschwunden sein, wenn du zurückkommst."

„Dann sei es so", erklärte Ceistan.

Er lief den Korridor entlang. Die erste Kammer war nackt und trocken wie ein Knochen, in der zweiten und letzten lag in einer Ecke das Skelett eines Mannes; soviel sah Ceistan im letzten Licht der rosa Sonnen.

Keine messingbeschlagene Truhe, kein Pergament. Also mußte Glay sterben, und Ceistan ließ den Kopf hängen.

Er kehrte zur Kammer zurück, wo er das Mädchen gefunden hatte, doch sie war nicht mehr da. Der Brunnen rieselte nicht mehr, nur ein wenig Feuchtigkeit glänzte noch auf dem Stein.

„Mädchen, wo bist du?" rief Ceistan. „Komm zurück, meine Arbeit ist getan!"

Er bekam keine Antwort.

Ceistan zuckte die Schultern, kehrte zur Wandelhalle zurück und ging nach draußen, um sich seinen Weg zu ertasten durch die zwielichtigen Straßen, zur Stadtmauer und zu seinem Luftschlitten.

Dobnor Daksat wurde sich dessen bewußt, daß der große Mann in dem bestickten schwarzen Mantel mit ihm sprach.

Er sah sich um; seine Umgebung war ihm fremd und vertraut zugleich, und da bemerkte er, daß die Stimme des Mannes hochmütig und herablassend klang.

„Du mißt dich mit einer sehr hochstehenden Klassifizierung", sagte er. „Ich wundere mich über deine . . . dein . . .

Selbstvertrauen.“ Er musterte Daksat mit einem berechnenden Blick.

Daksat sah zu Boden und runzelte die Brauen beim Anblick seiner Kleider. Er trug einen langen Mantel aus schwarz-purpurnem Samt, der wie eine Glocke um seine Knöchel schwang. Seine Hosen waren aus scharlachfarbenem Kord, eng anliegend an Hüfte, Schenkeln und Waden, mit einem lockeren Puff grünen Stoffes zwischen Wade und Knöchel. Es waren seine eigenen Kleider; sie sahen gleichzeitig falsch und richtig aus, so wie die geschnitzten, vergoldeten Knöchelschoner, die er an den Händen trug.

Der große Mann im dunklen Mantel sprach weiter und schaute dabei über Daksats Kopf weg, als sei der gar nicht vorhanden.

„Clauktaba hat Jahre hindurch die Imagistenehren gewonnen. Bel-Washab war im letzten Monat der Korsi-Sieger. Tol Morabait ist ein anerkannter Meister der Technik. Und Ghisel Ghang von West Ind ist unübertroffen in der Schaffung von Feuersternen, und Pulakt Havjorska ist Champion der Inselgebiete. Es ist also mehr als zweifelhaft, ob du, neu, unerfahren und ohne einen Fundus an Imaginationen mehr tun kannst, als uns mit deiner mentalen Armut in Verlegenheit zu bringen.“

Daksats Gehirn kämpfte mit seinem Entsetzen, und die Verachtung des großen Mannes rief in ihm nicht einmal Abneigung hervor. Er sagte: „Was soll das alles? Ich bin nicht sicher, daß ich meine Lage verstehe.“

Der Mann im schwarzen Mantel musterte ihn mißtrauisch. „So, du beginnst nun wohl, über dich selbst bestürzt zu sein? Und mit Recht, versichere ich dir.“ Er seufzte und winkte ab. „Nun, junge Männer sind leicht ungestüm, und vielleicht hast du dir Bilder geformt, die du nicht für schimpflich hieltest. Jedenfalls wird dich das Auge des Publikums übersehen wegen der Glorie von Clauktabas Geometrie und Ghisel Ghangs Feuersternen. Ich rate dir in der Tat, halte deine Bilder klein, unauffällig und für dich;

so wirst du die Fehler der Angabe und der Disharmonie vermeiden ... Es ist jetzt Zeit, zu deinem Imagikon zu gehen. Hierher. Vergiß nicht, Grau, Braun, Lavendel, vielleicht ein paar Töne Ocker und Rost, dann werden die Zuschauer verstehen, daß du für die Selbstschulung auftrittst und nicht aktiv die Meister herausforderst. Hierher ..."

Er öffnete eine Tür und führte Dobnor Daksat eine Treppe hoch, damit er in die Nacht hinaustreten konnte.

Sie standen in einem weiten Stadion vor sechs großen, mehr als zehn Meter hohen Schirmen. Hinter ihnen saßen in der Dunkelheit Reihe um Reihe die Zuschauer, viele Tausende, und ihre leisen Geräusche schlugen auf ihn ein. Daksat wandte sich zu ihnen um, doch ihre Gesichter und Persönlichkeiten waren schon zu einer Einheit verschmolzen.

„Hier", sagte der große Mann, „das ist dein Apparat. Setz dich. Wir werden dann die Gehirnzeitzähler anpassen."

Daksat ließ es zu, daß man ihn auf einen schweren Stuhl setzte, der so tief und weich war, daß er darin zu schwimmen schien. Am Kopf, am Hals und am Nasenrücken brachte man eine Art Elektroden an. Er fühlte ein Zwikken, einen scharfen Druck, ein Toben, dann wohlige Wärme. Aus der Ferne kam eine Stimme:

„Noch zwei Minuten bis zum grauen Nebel! Noch zwei Minuten! Achtung, Imagisten, noch zwei Minuten bis zum grauen Nebel!"

Der große Mann beugte sich über ihn. „Kannst du gut sehen?"

Daksat richtete sich ein wenig auf. „Ja ... Alles ist klar."

„Schön. Beim ‚grauen Nebel' glüht dieses Gewebe auf, und wenn es verglüht ist, dann ist dies dein Schirm, und du mußt dir die besten Bilder vorstellen, die du dir denken kannst."

„Eine Minute zum grauen Nebel", sagte die ferne Stimme. Die Reihe ist die: Pulakt Havjorska, Tol Morabait, Ghisel Ghang, Dobnor Daksat, Clauktaba und Bel-Washab. Es gibt keine Vorgaben. Alle Farben und Formen sind erlaubt. Entspannen. Die Ohrläppchen frei und jetzt – grauer Nebel!"

Das Licht glühte auf dem Schirm vor Daksats Stuhl, und er sah fünf der sechs Schirme zu einem angenehmen Perlgrau aufleuchten, in dem es ein wenig erregt wirbelte. Nur der Schirm vor ihm blieb dunkel. Der große Mann hinter ihm stieß ihn an. „Grauer Nebel, Daksat. Bist du blind und taub?"

Daksat dachte *grauer Nebel,* und sofort wurde sein Schirm lebendig. Er zeigte eine silbergraue Wolke, die sich klärte.

„Hmpf", schniefte der dicke Mann hinter ihm. „Bißchen trüb und uninteressant, aber ich denke, es genügt gerade noch . . . Schau mal, bei Clauktaba zeichnet sich schon Leidenschaft ab. Es zittert vor Erregung."

Daksat warf einen Blick auf den Schirm rechts und sah, daß dies zutraf. Das Grau floß durcheinander, und obwohl es tatsächlich keine Farben aufwies, schien es eine gewaltige Lichtflut zurückzuhalten.

Weit links, auf Pulakt Havjorskas Schirm, glühte Farbe. Das war ein Gambit-Bild, bescheiden und zurückhaltend, ein grüner Schmuckstein, aus dem ein Regen von blauen und silbernen Tropfen auf einen schwarzen Grund fiel und mit kleinen orangefarbenen Explosionen verschwand.

Dann glühte Tol Morabaits Schirm auf; ein schwarzweißes Schachbrett, auf dem bestimmte Quadrate plötzlich grün, rot, blau und gelb aufflammten, warme, suchende Farben, rein wie Lichter vom Regenbogen. Das Bild verschwand in einer Farbmischung aus Rosa und Blau.

Ghisel Ghang gelang ein gelber, zitternder Kreis mit einer grünen Aureole, die sich auswölbte, so daß ein größeres Band aus glänzendem Weiß und Schwarz entstand. In der Mitte formte sich ein sehr kompliziertes kaleidoskopisches Muster; dieses verschwand in einem Lichtblitz. Für ein paar Augenblicke erschien auf dem Schirm ein gleiches Muster in ganz neuer Farbgebung. Die Zuschauer murmelten Bewunderung zu dieser Leistung.

Das Licht auf Daksats Schirm erlosch. Er wurde angestoßen. „Jetzt, los."

Daksat heftete die Augen auf seinen Schirm. Sein Geist war leer. Er knirschte mit den Zähnen. Etwas, irgend etwas. Ein Bild . . . Er stellte sich eine Aussicht auf ein Wiesenland neben dem Fluß Melramy vor.

„Hm", machte der Mann hinter ihm. „Angenehm. Schöne Phantasie. Und originell."

Verwirrt musterte Daksat das Bild auf dem Schirm. Das war, soviel er wußte, eine ziemlich geistlose Reproduktion einer Landschaft, die er gut kannte. Phantasie? Erwartete man Phantasie? Na schön, er würde sie produzieren. Er stellte sich Wiesen vor, glühend, geschmolzen, weißglühend. Die Vegetation, die alten Steinmänner flossen zusammen in ein heftiges Brodeln. Die Oberfläche glättete sich und wurde ein Spiegel, der die Copper Grags zurückwarf.

Der Dicke hinter ihm grunzte. „Ein bißchen schwer, und damit hast du die Wirkung der reizenden unirdischen Farben und Formen verdorben . . ."

Daksat ließ sich zurückfallen, runzelte die Stirn und wollte wieder anfangen.

Mittlerweile hatte Clauktaba eine zierliche weiße Blüte auf grünem Stiel und mit purpurnen Stempeln geschaffen. Die Blütenblätter welkten, die Stempel entluden eine Wolke gelber, wirbelnder Pollen.

Dann hatte Bel-Washab am Ende der Reihe seinen Schirm mit einem leuchtenden Unterwassergrün ausgestattet. Es rippelte und wölbte sich, und ein schwarzer, unregelmäßiger Klecks zerbrach die Oberfläche. Von der Mitte des Fleckens tröpfelte heißes Gold, das sich schnell vermischte und dann den schwarzen Klecks mit Adern durchzog.

Das war der erste Durchgang.

Es gab eine Pause von wenigen Sekunden. „Nun", flüsterte die Stimme hinter Daksat, „nun beginnt der Konkurrenzkampf."

Auf Pulakt Havjorskas Schirm erschien eine wütende See von Farben; rote, grüne, blaue, häßlich gefleckte Wellen. Ein dramatischer gelber Umriß erschien rechts unten und verschlang das Chaos. Er breitete sich aus, die Mitte wurde lindgrün, ein schwarzer Umriß erschien, teilte sich, verbeugte sich höflich nach beiden Seiten. Dann wanderten die beiden Umrisse in den Hintergrund, verdrehten und verbeugten sich voll Anmut. Auf einer sich verjüngenden Linie verschmolzen sie miteinander, schossen wie eine Lanze vorwärts, wurden zu ganzen Lanzenreihen und dann zu einem sich senkenden Muster schlanker, schwarzer Stäbe.

„Erlesen", zischte der große Mann. „Wie genau die Zeitwahl!"

Tol Morabait kam mit einem ineinander verschmelzenden braunen Feld, das von grellroten Linien und Flecken durchsetzt war. Senkrechte Gitter formten sich links und schritten nach rechts über den Schirm, das braune Feld rückte vor, wölbte sich durch die grünen Gitter, sie brachen auf, und Segmente flitzten vorwärts, um den Schirm zu verlassen. Auf dem schwarzen Hintergrund hinter den Gittern, die nun verblaßten, lag ein menschliches Gehirn rosa und pulsend. Sechs Insektenbeine sprossen heraus und schusselten wie Krabben in den Hintergrund.

Ghisel Ghang brachte natürlich seine Feuersterne, eine kleine kugelige Menge in alle Richtungen hinausschießender blauer Explosionen, und die Spitzen arbeiteten sich zuckend durch wundervolle fünffarbene Muster in Blau, Violett, Weiß, Purpur und Hellgrün.

Dobnor Daksat saß steif da wie ein Stock, krampfte die

Fäuste noch mehr zusammen und knirschte mit den Zähnen. Jetzt! War nicht sein Gehirn ebensogut wie jene der fernen Lande? Jetzt!

Auf dem Schirm erschien ein Baum, konventionell grün und blau, doch jedes Blatt war eine Feuerzunge. Und aus diesen Zungen stieg dünner Rauch auf, der sich hoch oben zu einer Wolke formte, die herumwirbelte und einen kegelförmigen Regen über den Baum ausgoß. Die Flammen verschwanden, und an ihrer Stelle erschienen sternförmige weiße Blüten. Aus der Wolke kam ein Blitz, der den Baum zu Glasscherben zerschmetterte. Ein weiterer Blitz fuhr in den Glasscherbenhaufen, und da explodierte der Schirm in einem Wirbel aus Weiß, Orange und Schwarz.

„Im allgemeinen gesehen ganz gut“, meinte der Dicke zweifelnd, „aber vergiß meine Warnung nicht. Schaff bescheidenere Bilder . . .“

„Schweig!“ fuhr ihn Dobnor Daksat an.

Der Konkurrenzkampf ging weiter, Runde um Runde, und einige Bilder waren süß wie Karamelhonig, andere so heftig wie die Stürme an den Polen. Farbe kämpfte mit Farbe, Muster entwickelten und veränderten sich, manchmal in glorreichen Kadenzen, dann wieder in bitteren Dissonanzen, die den Wert des Bildes verstärkten.

Und Daksat schuf Traum auf Traum, und seine Spannungen verschwanden. Er vergaß alles und dachte nur an die rasenden Bilder in seinem Geist und auf dem Schirm, und sie wurden so schwierig und subtil wie jene der Meister.

„Noch ein Durchgang“, sagte der Mann hinter Daksat, und nun brachten die Imagisten ihre Meisterträume: Pulakt Havjorska das Wachstum und Vergehen einer schönen Stadt; Tol Morabait eine ruhige Komposition in Grün und Weiß, unterbrochen von einer Armee marschierender Insekten, die eine schmutzige Spur zurückließen und zu denen später Menschen in bemalter Lederpanzerung und mit hohen Hüten kamen, die mit kurzen Schwertern und Dreschflegeln bewaffnet waren. Die Insekten wurden vernichtet und vom Schirm gejagt. Die Leichen wurden zu Gebeinen und verschwanden oder lösten sich in blauen Staub auf. Ghisel Ghang schuf drei Feuersterne nacheinander, jeden anders, eine großartige Darbietung.

Daksat stellte sich einen glatten Kieselstein vor, vergrößert zu einem Marmorblock und meißelte daran, um den Kopf eines schönen Mädchens zu schaffen. Einen Augenblick lang zeigte ihr Gesicht wechselnde Empfindungen – Freude über ihre plötzliche Existenz, Nachdenklichkeit, zuletzt Angst. Ihre Augen wurden zu einem milchigen Blau, das Gesicht war nun eine lachende, sardonische Maske mit schwarzen Wangen und einem breitgezogenen Mund. Der Kopf bog sich zurück, der Mund spuckte in die Luft. Dann wurde der Kopf eins mit dem schwarzen Hintergrund. Die Speicheltropfen glühten wie Feuer, wurden zu Sternen und Figuren, und eine davon dehnte sich aus und wurde zu einem Planeten mit Zeichnungen, die Daksat teuer waren. Der Planet wirbelte weg in die Dunkelheit, die Konstellationen verblaßten. Dobnor Daksat entspannte sich. Es war sein letztes Bild. Erschöpft seufzte er.

Der große Mann im schwarzen Mantel entfernte schweigend den Harnisch. Schließlich fragte er: „Der Planet, den du dir im letzten Bild vorgestellt hast, war das eine Kreation einer Erinnerung an die Wirklichkeit? Zu unserem System hier gehört er nicht, doch er sah nach Wahrheit aus."

Dobnor Daksat sah ihn verwirrt an, und die Worte blieben ihm fast in der Kehle stecken. „Aber das ist doch ... Heimat! Diese Welt! War es nicht diese Welt?"

Der große Mann blickte ihn merkwürdig an, zuckte die Schultern und wandte sich ab. „Nun wird gleich der Gewinner des Wettbewerbs bekanntgegeben und das juwelengeschmückte Diplom überreicht."

Der Tag war böig und grau, die Galeere niedrig und schwarz und nur von den Rudermännern von Belaclaw bemannt. Ergan stand am Ausguck und schaute über die zwei Meilen Bittersee hinüber zur Küste von Racland, wo, wie er wußte, die scharfgesichtigen Racs standen und sie beobachteten.

Ein paar hundert Meter hinter dem Heck stieg eine Wassersäule auf.

Ergan wandte sich an den Rudergänger. „Ihre Kanonen haben eine größere Reichweite, als wir dachten. Bleib besser noch ein Stück vom Ufer weg, damit wir den Vorteil der Strömung haben."

Während er noch sprach, pfiff es scharf, und ein schwarzes, spitzes Projektil raste schräg auf ihn zu. Am Schanzkleid an der Galeere explodierte es. Holz, Körper, Metall, alles flog nach allen Seiten auseinander; das Schiff tauchte den gebrochenen Rücken ins das Wasser, krümmte sich zusammen und sank.

Ergan kam klar, warf Schwert, Rüstung und Beinschienen ab, ehe er ins Wasser stürzte, schwamm keuchend im kalten grauen Wasser herum und wurde von den Wellen angehoben und hinabgezogen. Endlich fand er ein Brett und klammerte sich an.

Ein Langboot löste sich von der Küste von Racland und näherte sich schnell; der Bug wühlte weißen Schaum auf. Ergan ließ sein Brett los und schwamm vom Wrack weg, so schnell er konnte. Besser ertrinken, als gefangen werden. Der Hungerfisch, der in diesen Gewässern jagte, hatte mehr Mitleid als die harten Racs.

Er schwamm; die Strömung trug ihn an das Ufer, und er kämpfte nur noch matt, als er auf den Kiesstrand geschwemmt wurde.

Dort wurde er von einer Bande junger Racs entdeckt und zu einem nahen Kommandoposten gebracht. Dort wurde er gefesselt, auf einen Karren geworfen und dann in die Stadt Korsapan weitergeschickt.

In einem grauen Raum setzte man ihn einem Geheimdienstoffizier gegenüber, einem Mann mit der grauen Haut einer Kröte, einem feuchten grauen Mund und eifrigen, suchenden Augen.

„Du bist Ergan“, sagte der Offizier. „Gesandter beim Bargee von Salomdek. Wie lautete dein Auftrag?“

Ergan schaute dem anderen fest in die Augen und hoffte, er möge eine überzeugende Antwort finden. Es kam keine, und die Wahrheit hätte eine sofortige Invasion der schmalköpfigen Rac-Soldaten in Belaclaw und Salomdek zur Folge. Diese Rac-Soldaten trugen schwarze Uniformen und Stiefel.

Ergan sagte nichts. Der Offizier beugte sich vor. „Ich frage dich noch einmal. Dann wirst du in den Raum darunter gebracht.“ Das sagte er so, als zergehe ihm dieser Ausdruck auf der Zunge.

Ergan fühlte kalten Schweiß am ganzen Körper. Er kannte die Rac-Foltern. „Ich bin nicht Ergan“, sagte er, „ich heiße Ervard. Ich bin ein ehrsamer, harmloser Perlenhändler.“

„Das ist nicht wahr“, sagte der Rac. „Man fing deinen Helfer, und unter der Kompressionspumpe preßte er deinen Namen aus seinen Lungen.“

„Ich bin Ervard“, wiederholte Ergan, doch seine Gedärme verkrampften sich.

Der Rac gab ein Zeichen. „Bringt ihn zum Raum darunter.“

Ein Menschenkörper hat gegen Gefahren von außen bestimmte Nerven entwickelt, die natürlich besonders schmerzempfindlich sind, und der Folterer geht meisterlich darauf ein. Die Rac-Spezialisten hatten diese körperliche Eigenschaft besonders studiert, und darauf und auf andere Besonderheiten des menschlichen Nervensystems waren sie durch Zufall gestoßen. Sie hatten entdeckt, daß bestimmte Programme von Druck, Hitze, Anstrengungen, Reibung, Verbrennung, Reißen und Zug, sonischen und visuellen Schocks, Übelkeit, Gestank und Gemeinheit einander steigerten, während eine einzige Methode, die übertrieben angewandt wurde, an Wirkung allmählich verlor.

Diese raffinierte Brutalität wurde nun auf Ergans Nervensystem losgelassen, und sie fügten ihm jeden nur erdenklichen Schmerz zu; das scharfe Zwicken, die dumpfen Gelenkschmerzen, über die er nachts stöhnte, die grellen Lichtblitze, Schmutz und rohe Gemeinheit, dazu ein gelegentlicher Zärtlichkeitsschock, wenn man ihm erlaubte, einen Blick auf die Welt zu tun, die er verlassen hatte.

Und dann wieder zurück in den Raum darunter . . .

„Ich bin Ervard, der Händler", und dabei blieb er. Immer versuchte er, seinen Geist über die Gewebebarriere in den Tod zu bringen, doch immer zögerte der Geist vor dem letzten taumelnden Schritt, und Ergan lebte weiter.

Die Racs folterten nach Routine, so daß das Nahen der Folterstunde schon ebensoviel Schmerz in der Erwartung brachte wie die Folter selbst. Die schweren Schritte vor der Zelle, die schwachen Versuche, ihnen zu entkommen, das rohe Lachen, wenn sie ihn in die Ecke getrieben hatten, wenn sie ihn wegschleppten, wenn sie ihn drei Stunden später als wimmerndes, schluchzendes Bündel auf den Strohhaufen warfen, der sein Bett war.

„Ich bin Ervard", sagte er, und er übte seinen Geist darin, zu glauben, daß er dies auch war, so daß sie ihn niemals bei einem anderen Gedanken erwischen konnten. „Ich bin Ervard! Ich bin Ervard! Ich bin der Perlenhändler Ervard!"

Er versuchte, sich mit Stroh zu erwürgen, doch ein Sklave bewachte ihn immer, und Selbstmord war nicht erlaubt.

Er versuchte, sich damit zu töten, daß er die Luft anhielt, und er wäre glücklich gewesen, hätte er damit Erfolg gehabt, doch immer, wenn er in ein gnädiges Selbstvergessen versank, entspannte sich sein Geist, und seine Nerven begannen von sich aus wieder das Atmen zu veranlassen.

Er aß nichts, doch das war für die Racs unwichtig, da sie ihn mit Tonics, Lebenserhaltungsdrogen und Anregungsmitteln vollpumpten, so daß er immer bei Bewußtsein blieb.

„Ich bin Ervard", sagte Ergan, und die Racs knirschten vor Wut mit den Zähnen. Der Fall wurde allmählich zu einer Herausforderung; er unterlief ihren Einfallsreichtum, und sie dachten lange und sorgfältig über Verfeinerungen und besonders ausgeklügelte Verfahren nach, über neue Formen für die Eisenwerkzeuge, neue Typen von Zugseilen, neue Anweisungen für Drücke und Züge. Selbst als es längst unwichtig war, ob er nun Ergan oder Ervard hieß, da nun der Krieg wütete, sah man ihn noch immer als Problem an, als einen Idealfall. Deshalb paßte man auf ihn noch viel mehr auf als auf andere, und die Folterknechte der Racs nahmen hier eine Änderung an der Technik, dort eine Verbesserung am Material vor.

Eines Tages landeten die Galeeren der Belaclaw, und die mit Federkämmen geschmückten Soldaten erkämpften sich den Weg hinter die Mauern von Korsapan.

Die Racs musterten Ergan voll Bedauern. „Jetzt müssen wir gehen, und du willst dich uns noch immer nicht unterwerfen."

„Ich bin Ervard", krächzte der, den man auf einen Tisch gelegt hatte. „Ervard, der Händler."

Über ihm krachte und splitterte etwas.

„Wir müssen gehen", sagten die Racs. „Deine Leute haben die Stadt gestürmt. Wenn du die Wahrheit sagst, wirst du vielleicht am Leben bleiben. Wenn du lügst, töten wir dich. Du hast nun die freie Wahl. Dein Leben für die Wahrheit."

„Die Wahrheit?" murmelte Ergan. „Es ist ein Trick."

Und dann vernahm er den Siegesgesang der Soldaten von Belaclaw. „Die Wahrheit? Warum nicht? Nun, gut." Und er sagte: „Ich bin Ervard."

Denn jetzt glaubte er selbst daran, daß dies die Wahrheit sei.

Der Galaktische Premier war ein magerer Mann mit rötlich-braunem Haar, das dünn über der fein modellierten Wölbung seines Schädels lag. Sein Gesicht war nur gekennzeichnet von seinen großen, dunklen Augen, die zu brennen schienen wie von einem inneren Feuer. Körperlich hatte er den Gipfel der Jugend hinter sich. Seine Arme und Beine waren mager und locker in den Gelenken. Sein Kopf war etwas nach vorn geneigt, als sei die umfangreiche Maschinerie seines Gehirns ein wenig zu schwer.

Er stand von der Couch auf, lächelte leicht und schaute die Arkade entlang zu den elf Ältesten. Sie saßen an einem Tisch aus poliertem Holz mit den Rücken zu einer mit Ranken bewachsenen Wand. Es waren ernsthafte Männer, bedächtig in ihren Bewegungen, und ihre Gesichter waren von Weisheit und Einsicht gefurcht. Nach dem alteingeführten System war der Premier der Sachwalter des Universums, die Ältesten stellten die bestimmende Körperschaft dar, der ein Widerspruchsrecht zustand.

„Nun?"

Das Oberhaupt der Ältesten hob ohne jede Hast die Augen vom Computer. „Du bist der erste, der von der Couch aufsteht."

Der Premier lächelte noch immer, als er einen Blick die Arkade entlangschickte. Die anderen lagen da; einige mit ineinander verschlungenen Armen und starr wie Eisenstäbe; andere kauerten sich in fetaler Position zusammen. Einer war von der Couch halb auf den Boden gerutscht; seine Augen waren offen, und er starrte irgendwohin ins Leere.

Der Premier wandte sich wieder dem Oberhaupt der

Ältesten zu, der ihn voll distanzierter Neugier musterte. „Wurde das Optimum festgestellt?" fragte er.

Das Oberhaupt warf einen Blick auf den Computer. „Sechsundzwanzig-siebenunddreißig ist das Optimum."

Der Premier wartete, aber der Oberste der Ältesten sagte nichts mehr. Der Premier trat zur Alabasterbalustrade hinter den Liegen. Er beugte sich hinaus, um über die dunstverhangenen, sonnenschimmernden Weiten zu schauen, und der Wind spielte mit seinen dünnen Haarsträhnen. Er holte tief Atem, bewegte Finger und Hände, denn die Erinnerung an die Foltern der Racs lastete noch schwer auf seinem Gedächtnis. Dann schwang er sich herum, lehnte sich an und ließ die Ellbogen auf der Balustrade ruhen. Er schaute die Couchreihe entlang; noch immer war kein Leben festzustellen.

„Sechsundzwanzig-siebenunddreißig", murmelte er. „Ich schätze meine eigene Zahl mit fünfundzwanzigneunzig. Bei der letzten Episode erinnere ich mich an eine unvollständige Bewahrung der Persönlichkeit."

„Fünfundzwanzig-vierundsiebzig", sagte das Oberhaupt der Ältesten. „Der Computer bewertete Bearwald Halforns Abwehr der Brand-Krieger als unvorteilhaft."

Der Premier überlegte. „Das ist gut gedacht. Hartnäkkigkeit ist zwecklos, wenn sie nicht ein vorbestimmtes Ende herbeiführt. Das ist ein Makel, den ich zu tilgen versuchen muß." Er schaute von einem Gesicht der Ältesten zum anderen. „Ihr äußert euch nicht dazu, ihr seid merkwürdig stumm." Er wartete. Auch das Oberhaupt der Ältesten sagte nichts.

„Darf ich nach dem höchsten Ergebnis fragen?"

„Fünfundzwanzig-vierundsiebzig."

Der Premier nickte. „Das meine."

„Das deine", bestätigte der Oberste der Ältesten.

Des Premiers Lächeln verschwand, auf seiner Stirn zeichnete sich Verwirrung ab. „Trotzdem willst du noch immer nicht meine zweite Amtszeit bestätigen. Es gibt also noch Zweifel bei euch."

„Zweifel und Befürchtungen."

Des Premiers Mundwinkel hoben sich, wenn auch seine Brauen noch zu höflicher Frage angehoben waren. „Deine Haltung gibt mir Rätsel auf. Mein Amtsbericht spricht von selbstlosem Dienst. Meine Intelligenz ist phänomenal, und in diesem Schlußtest, den ich selbst zusammenstellte, um deine letzten Zweifel zu zerstreuen, erhielt ich die höchste Bewertung. Ich habe meine Einfallskraft und Wendigkeit, meine Führerfähigkeiten, die Hingabe an meine Pflicht, meine Intuition und Entschlossenheit bewiesen. In jeder nur denkbaren Hinsicht entspreche ich am besten den Qualifikationen für das Amt, das ich innehabe."

Der Älteste sah auf und die Reihe seiner Kameraden entlang. Keiner verlangte zu sprechen. Das Oberhaupt der Ältesten straffte sich und lehnte sich zurück.

„Unsere Haltung ist schwer zu umreißen. Alles ist genau, wie du sagst. Über deine Intelligenz ist kein Disput möglich, dein Charakter ist beispielhaft, du hast dein Amt mit Würde und Hingabe erfüllt. Du hast unseren Respekt, unsere Bewunderung und Dankbarkeit verdient. Wir sind uns darüber klar, daß du die zweite Amtsperiode aus lobenswerten Gründen suchst: du betrachtest dich als den Mann, der am besten geeignet ist, die sehr verwickelten Geschäfte der Galaxis zu koordinieren."

Der Premier nickte grimmig. „Aber du bist anderer Meinung."

„Unsere Position ist vielleicht nicht ganz so grob zu sehen."

„Und wie sieht eure Position aus?" Der Premier deutete die Liegen entlang. „Schau dir doch diese Männer an. Sie sind die besten der ganzen Galaxis. Ein Mann ist tot. Der auf der dritten Couch bewegt sich zwar eben, doch er hat den Verstand verloren; er ist wahnsinnig. Die anderen sind überaus erschüttert. Und vergiß nie, daß die Tests dazu bestimmt waren, die für einen galaktischen Premier nötigen Eigenschaften zu messen."

„Dieser Test war für uns von größtem Interesse", antwortete der Älteste voll Milde. „Er hat unser Denken sehr beeinflußt."

Der Premier zögerte und überdachte die Untertöne der Worte. Er setzte sich den elf Männern gegenüber, musterte deren Gesichter, tippte dreimal mit den Fingerspitzen auf das polierte Holz und lehnte sich zurück.

„Wie ich schon erwähnte, hat der Test jeden Kandidaten nach den genauen Eigenschaften gemessen, die für eine optimale Amtsführung nötig sind, und zwar so: Die Erde des zwanzigsten Jahrhunderts ist ein Planet äußerst verwickelter Konventionen; auf der Erde hat der Kandidat Arthur Caversham seine gesellschaftliche Intuition einzusetzen, eine Eigenschaft, die in unserer Galaxis von zwei Milliarden Sonnen von größter Wichtigkeit ist. Auf Belotsi wurde Bearwald der Halforn auf Mut und die Fähigkeit geprüft, eine positive Handlung anzuführen. In der toten Stadt Therlatch auf Praesepe Drei wurde der Kandidat Ceistan auf seine Hingabe an die Pflicht getestet, Dobnor Daksat beim Imagikon auf Staff auf die Kreativität seiner Wahrnehmungen in Konkurrenz mit den fruchtbarsten lebenden Imagisten. Als Ergan auf Chankozar forschte man bis zur extremsten Grenze sein Durchhaltevermögen und seine körperliche Widerstandskraft aus.

Jeder Kandidat wird bei solchen Tests durch einen zeitlich-dimensionalen und zerebroneuralen Verbindungstrick, der für die gegenwärtige Besprechung zu umständlich zu erklären ist, in identische Umstände versetzt. Jeder Kandidat wird objektiv nach dem beurteilt, was er erreicht, und es genügt, daß alle Resultate vergleichbar sind."

Er machte eine Pause und schaute die Reihe ernster Gesichter entlang. „Ich muß betonen, daß ich zwar den Test ausgedacht und arrangiert habe, doch einen Vorteil bezog ich daraus nicht. Die Gedächtnisverbindungen sind von einem Vorfall zum anderen vollständig unterbrochen worden, und nur die Grundpersönlichkeit des Kandidaten hat gehandelt, alle wurden unter den genau gleichen Bedingungen getestet. Meiner Meinung nach weisen die vom Computer aufgezeichneten Ergebnisse eine objektive und zuverlässige Feststellung der Fähigkeiten der Kandidaten nach, die für das hochverantwortliche Amt des Galaktischen Geschäftsträgers nötig sind."

„Die Resultate sind bezeichnend", gab der Älteste zu.

„Dann billigst du also meine Kandidatur?"

Das Oberhaupt der Ältesten lächelte. „Nur nicht so schnell. Zugegeben, du bist intelligent, du hast auch während deiner Zeit als Premier sehr viel erreicht, doch es ist noch sehr viel zu tun."

„Willst du damit andeuten, ein anderer Mann hätte mehr erreichen können?"

Der Oberste der Ältesten zuckte die Schultern. „Es gibt keinen Weg, dies genau zu wissen. Ich betone deine Leistungen, etwa die Zivilisation von Glenart, die Zeitendämmerung auf Masilis, die Regierung von König Karal auf Aevir, die Unterdrückung der Revolte auf Arkid. Es gibt viele solcher Beispiele. Aber es gibt auch Unzureichendes: die Kriege auf der Erde, die Wildheiten auf Belotsi und Chankozar, die so nachdrücklich in deinem Test herausgestellt wurden. Und da ist auch die Dekadenz der Planeten im elfhundertneunten Sternhaufen, die Erhebung der Priesterkönige auf Fiir und vieles andere."

Der Premier kniff die Lippen zusammen, und die Feuer in seinen Augen brannten noch heller.

„Eines der bemerkenswertesten Phänomene der Galaxis ist die Tendenz der Menschheit, die Persönlichkeit des Premiers zu absorbieren und manifestieren", fuhr der Älteste fort. „Es scheint da eine ungeheure Resonanz zu geben, die vom Gehirn des Premiers ausstrahlt durch die Meister der Menschheit vom Mittelpunkt bis zu den äußersten Rändern der Galaxis. Diese Sache müßte näher untersucht, analysiert und einer Kontrolle unterworfen werden. Die Wirkung geht ja dahin, daß jeder Gedanke des Premiers milliardenfach verstärkt ist, als schaffe jede Stimmung den Ton für tausend Zivilisationen, und jeder Aspekt seiner Persönlichkeit spiegelt sich in der Ethik von tausend Kulturen."

„Dieses Phänomen fiel mir selbst auf", gab der Premier zu, „und ich habe viel darüber nachgedacht. Erforderlich ist, den Einfluß subtiler zu halten und nicht zu übertreiben. Vielleicht gibt es dazu einen entsprechenden Hintergrund. Die Tatsache dieses Einflusses ist ein Grund mehr, für das Amt einen Mann von bewiesenen Tugenden zu wählen."

„Gut gesagt", pflichtete ihm der Oberste der Ältesten bei. „Gegen deinen Charakter ist auch nicht der geringste Vorwurf zu erheben. Aber wir sind besorgt wegen des wachsenden Autoritarismus auf den Planeten unserer Galaxis. Wir vermuten, daß sich hier der Grundsatz der Resonanz auswirkt. Du bist ein Mann starken und unbezähmbaren Willens, und wir fühlen, daß dein Einfluß ohne dein Zutun einen Durchbruch der paternalistischen Doktrin bewirkte."

Der Premier schwieg einen Moment. Er schaute wieder die Reihe der Liegen entlang, wo die Kandidaten allmählich wieder ins Bewußtsein zurückkehrten. Es waren Männer verschiedener Rassen: ein blasser Nordkin von Palast, ein stämmiger roter Hawolo, ein grauhaariger und grauäugiger Inselbewohner des Seeplaneten – jeder von ihnen ein ausnehmend tüchtiger Mann seines Heimatplaneten. Jene, die wieder bei Bewußtsein waren, saßen ruhig da, suchten ihre Gedanken zusammen oder lagen still auf der Couch im Versuch, die Nachwirkungen des Tests aus ihren Geistern zu verbannen. Der Test hatte Opfer gekostet: Ein Mann war tot, ein anderer kauerte, wahnsinnig geworden und wimmernd, neben seiner Couch.

„Die ablehnungswerten Eigenschaften deines Charakters sind vielleicht am besten durch den Test selbst bewiesen", sagte der Älteste.

Der Premier öffnete den Mund, doch der andere hob Schweigen gebietend die Hand. „Laß mich sprechen. Ich will versuchen, fair zu dir zu sein. Bin ich damit fertig, magst du sprechen.

Ich wiederhole, daß deine Grundeinstellung sich in den Einzelheiten deines Tests beweist. Die von dir gemessenen Eigenschaften waren jene, die du für die wichtigsten hältst, das heißt also, jene Ideale, nach denen du dein eigenes Leben ausrichtest. Das hast du sicher ganz unbewußt getan, und doch verrät es alles. Gesellschaftliche Intuition, Aggressivität, Loyalität, Vorstellungskraft und ein stures Durchhalten sind deiner Meinung nach unerläßlich für einen Premier. Als Mann von starkem Charakter versuchst du diese Ideale bei dir selbst zu verwirklichen. Es ist daher nicht erstaunlich, daß in den von dir zusammengestellten Tests dein eigenes Ergebnis das höchste sein mußte.

Ich möchte etwas mit einer Analogie klarstellen. Müßte der Adler einen Test zur Bestimmung des Königs der Tiere durchführen, so würde er alle Kandidaten nach ihrer Flugfähigkeit beurteilen; er würde also notwendigerweise gewinnen. Der Maulwurf hingegen würde die Fähigkeit, zu graben, für die wichtigste halten, und nach diesem System wäre er der König der Tiere."

Der Premier lachte scharf und strich mit der Hand durch sein spärliches, rotbraunes Haar. „Ich bin weder Adler noch Maulwurf."

Der andere schüttelte den Kopf. „Nein. Du bist eifrig, pflichtbewußt, unermüdlich, voll Vorstellungskraft, und das hast du durch die Auswahl der Tests bewiesen, bei denen es um diese Eigenschaften geht, aber auch durch die Testergebnisse selbst. Andererseits hast du durch das Fehlen anderer Tests auch gewisse Mängel in deinem Charakter bewiesen."

„Und diese sind?"

„Sympathie, Mitgefühl. Herzensgüte." Der Älteste lehnte sich zurück. „Seltsam. Dein Vorgänger war reich an diesen Qualitäten. Während seiner Dienstperiode gründeten sich die großen humanitären Systeme auf die Idee menschlicher Bruderschaft, die im ganzen Universum Fuß faßte. Wieder ein Beispiel der Resonanz – aber ich schweife ab."

„Darf ich fragen – hast du den nächsten Galaktischen Premier schon gewählt?" sagte der Premier und verzog spöttisch den Mund.

Der alte Mann nickte. „Es wurde eine Wahl getroffen."

„Wie schnitt er beim Test ab?"

„Nach deinem System – siebzig-achtzig. Als Arthur Caversham schnitt er schlecht ab; er versuchte, dem Polizisten die Vorteile des Nacktseins zu erklären. Ihm fehlte die Fähigkeit zu einer sofortigen glaubhaften Ausrede. Er hat kaum etwas von deiner raschen Geschicklichkeit. Als Arthur Caversham fand er sich nackt. Er ist aufrichtig und ehrlich, also versuchte er, ein positives Motiv für seinen Zustand zu finden und nicht eine Möglichkeit zur Umgehung der Strafe zu sehen."

„Erzähl mir mehr über diesen Mann", bat der Premier.

„Als Bearwald der Halforn führte er seinen Trupp zum Haufen der Brands von Mount Medaillon, aber er brannte ihn nicht nieder, sondern rief die Königin heraus und bat sie, das nutzlose Abschlachten zu beenden. Sie packte ihn und tötete ihn. Er versagte, aber der Computer benotete ihn dafür und für seinen aufrechten Vorschlag sehr hoch.

Auf Therlatch war seine Haltung so ohne jeden Vorwurf wie die deine, und beim Imagikon galt seine Leistung als angemessen. Die deine näherte sich jener der Meister-Imagisten und wurde zu Recht sehr hoch bewertet.

Die Rac-Foltern sind das schwierigste Element des

Tests. Du wußtest, daß du fast unbegrenzt Schmerz ertragen konntest, also gingst du davon aus, alle anderen Kandidanten müßten die gleiche Fähigkeit beweisen. Hier versagte der neue Premier. Er ist sehr sensibel, und die Idee, daß ein Mann einem anderen mit voller Absicht Schmerz zufügen könne, macht ihn krank. Keiner der anderen Kandidaten hat in der letzten Episode eine perfekte Leistung gezeigt, zwei kamen etwa auf dein Ergebnis . . ."

„Welche sind das?" fragte der Premier interessiert.

Der Älteste zeigte sie ihm – einen großen Mann mit harten Muskeln und einem Gesicht, das wie aus einem Felsen gehauen zu sein schien; er stand an der Alabasterbalustrade und schaute düster in die sonnige Weite; der andere war ein Mann mittleren Alters, der auf untergeschlagenen Beinen hockte und seine Füße betrachtete.

„Einer ist außerordentlich hart und dickköpfig, er will nicht ein Wort sagen. Der andere nimmt äußerlich Objektivität an, wenn ihn Unerfreulichkeiten belästigen. Andere der Kandidaten machten es nicht ganz so gut. In fast allen Fällen sind seelische Anpassungen nötig."

Die Augen der beiden gingen zur geistlosen Kreatur mit den leeren Augen, die auf und ab lief und leise vor sich hin murmelte.

„Die Tests waren natürlich durchaus nicht wertlos", erklärte das Oberhaupt der Ältesten. „Wir haben viel dabei gelernt. Nach deinem System der Bewertung erzieltest du sehr hohe Resultate, die besten. Nach anderem Standard, den wir Ältesten festlegten, war dein Platz etwas niedriger."

„Wer ist dieser Ausbund an Herzensgüte, Selbstlosigkeit, Mitgefühl und Großzügigkeit?" fragte der Premier mit leichtem Spott.

Der Wahnsinnige näherte sich, fiel auf Hände und Knie und kroch wimmernd zur Wand. Er drückte sein Gesicht an den kalten Stein und schaute leer zum Premier hoch.

Sein Mund hing offen, das Kinn war feucht, die Augen schienen keine Verbindung untereinander mehr zu haben.

Der Oberste der Ältesten berührte den Kopf des Irren. „Das ist er. Hier ist der Mann, den wir wählen."

Der Galaktische Premier saß schweigend da und preßte die Lippen aufeinander. Seine Augen brannten wie Vulkane.

Zu seinen Füßen fand der neue Premier, der Herr über zwei Milliarden Sonnen, ein welkes Blatt, schob es in den Mund und begann zu kauen.

Der Große Teufel

Ein paar Minuten vor Mittag tat die Sonne einen Hüpfer nach Süden und ging unter.

Schwester Mary zog den Sonnenhelm von ihrem blonden Kopf und warf ihn auf das Sofa. Das überraschte und betrübte ihren Mann, Bruder Raymond.

Er hielt ihre zitternden Schultern fest. „Nun, Liebes, nur ruhig. Wenn du explodierst, nützt uns das gar nichts."

Tränen rollten über Schwester Marys Wangen. „Sobald wir das Haus verlassen, verschwindet die Sonne. Und das ist jedesmal so!"

„Nun, aber wir wissen doch, was Geduld ist. Bald wird es eine andere geben."

„Das kann eine Stunde dauern! Oder zehn Stunden."

Bruder Raymond ging zum Fenster, zog den gestärkten Spitzenvorhang weg und spähte hinaus in die Dämmerung. „Wir könnten jetzt gehen und vor Einbruch der Nacht oben am Berg sein."

„Nacht?" rief Schwester Mary. „Und wie nennst du das?"

„Ich meine die Nacht der Uhr nach", erwiderte Bruder Raymond steif. „Die richtige Nacht."

„Die Uhr . . ." Schwester Mary seufzte und ließ sich auf

einen Stuhl fallen. „Wäre nicht die Uhr, würden wir alle schon längst verrückt sein.“

Bruder Raymond schaute zum Berg der Rettung hinauf, wo unsichtbar die große Uhr tickte. Mary trat zu ihm, und so schauten sie in die Dunkelheit hinaus. Mary seufzte. „Entschuldige, Lieber, aber ich rege mich so auf.“

Raymond tätschelte ihre Schulter. „Es ist auch kein Witz, auf Gloria zu leben.“

Mary schüttelte den Kopf. „Ich sollte mich nicht gehen lassen. Wir müssen an die Kolonie denken. Pioniere dürfen keine Schwächlinge sein.“

„Schau!“ sagte Raymond. „Ein Feuer. Oben in Old Fleetville!“ Verblüfft beobachteten sie den fernen Funken.

„Sie müßten doch jetzt alle in der Neustadt sein“, murmelte Schwester Mary. „Außer, es ist eine Zeremonie ... Das Salz, das wir ihnen gaben ...“

Raymond lächelte säuerlich und sagte etwas Charakteristisches für das Leben auf Gloria. „Bei den Flits kannst du nie etwas sagen. Die tun so ziemlich alles.“

„Alles tut so ziemlich alles“, bemerkte Mary, und das war noch richtiger.

„Die Flits am meisten. Die haben sich's sogar angewöhnt, ohne Trost und Hilfe von uns zu sterben.“

„Wir taten, was wir konnten, es ist nicht unser Fehler“, sagte sie mit solchem Nachdruck, als fürchte sie es trotzdem.

„Keiner kann uns die Schuld geben.“

„Der Inspektor schon ... Die Flits waren schon vorher so, ehe die Kolonie kam.“

„Wir haben sie weder belästigt, noch uns eingemischt oder zu etwas gezwungen. Wir haben uns nur überschlagen, ihnen zu helfen. Und zum Dank dafür reißen sie unsere Zäune ein, brechen den Kanal auf und werfen Schmutz auf unsere frische Farbe.“

„Manchmal hasse ich die Flits“, sagte Schwester Mary

leise. „Und Gloria. Manchmal hasse ich die ganze Kolonie."

Bruder Raymond zog sie an sich und tätschelte ihren ordentlichen blonden Knoten. „Du fühlst dich besser, wenn eine der Sonnen aufgeht. Wollen wir uns auf den Weg machen?"

„Jetzt ist es dunkel. Gloria reicht mir schon bei Tage", erwiderte Mary zweifelnd.

Raymond schob das Kinn vor und schaute zur Uhr. „Es ist aber Tag. Die Uhr sagt, es ist Tag. Das ist eine Realität. Daran müssen wir uns halten. Sie ist unsere Verbindung mit der Wahrheit und Vernunft!"

„Na, schön", entgegnete Mary. „Dann gehen wir."

Raymond küßte sie auf die Wange. „Du bist sehr tapfer, Liebes. Du bist das Prachtstück der Kolonie."

Mary schüttelte den Kopf. „Nein, Lieber. Ich bin nicht besser oder tapferer als die anderen. Wir kamen hier heraus, um uns Heime zu schaffen und für die Wahrheit zu leben. Wir wußten, daß wir hart zu arbeiten hätten. An jedem hängt sehr viel. Für Schwäche ist da kein Raum."

Wieder küßte Raymond sie, obwohl sie lächelnd protestierte und den Kopf abwandte. „Ich denke, du bist tapfer – und sehr lieb."

„Hol das Licht – mehrere. Man weiß ja nie, wie lange diese unerträgliche Dunkelheit dauern wird."

Sie machten sich auf den Weg; gehen mußten sie deshalb, weil private Fahrzeuge in der Kolonie als gesellschaftliches Übel angesehen wurden. Vor ihnen, jedoch in der Dunkelheit unsichtbar, erhob sich der Grand Montagne, der große Beschützer der Flits. Sie spürten förmlich die harten Massen der schroffen Felsen, so wie sie hinter sich die sauberen Felder, die Zäune und die Wege der Kolonie fühlten. Sie überquerten den Kanal, der den gewundenen Fluß in ein Netz von Bewässerungsgräben leitete. Raymond leuchtete mit seiner Lampe in das Betonbett.

„Trocken. Sie haben schon wieder den Damm aufgebrochen!“

„Warum nur?“ fragte Mary. „Sie benützen doch das Flußwasser gar nicht.“

Raymond zuckte die Schultern. „Ich nehme an, sie mögen nur keine Kanäle. Nun ja . . .“ Er seufzte. „Was können wir mehr tun als unser Bestes?“

Die Straße wand sich um den Hang herum, bergauf und bergab. Vor fünfhundert Jahren hatte ein Sternenschiff auf Gloria Bruchlandung gemacht, und sie kamen nun an dem mit Flechten dick bewachsenen Wrack vorbei. „Es erscheint doch fast unmöglich“, bemerkte Mary, „daß die Flits einmal Männer und Frauen wie wir auch waren.“

„Nein, nicht so ganz wie wir, Liebes“, korrigierte Raymond sanft.

Schwester Mary schüttelte sich. „Die Flits und ihre Ziegen! Manchmal ist es wirklich nicht leicht, sie auseinanderzuhalten!“

Ein paar Minuten später stürzte Raymond in ein Sumpfloch, in richtig schlammiges Zeug, gerade so feucht, daß es sich festsaugte und damit gefährlich wurde. Keuchend schlug er um sich, und mit Marys verzweifelter Hilfe gelangte er wieder auf festen Boden. Da stand er nun zitternd da, frierend, naß und böse.

„Dieses verdammte Ding war gestern noch nicht da!“ Er kratzte sich den Schlamm von Gesicht und Kleidern. „Diese miserablen Dinge sind es, die einem hier das Leben so schwer machen.“

„Das werden wir schon ändern, Lieber.“ Und wütend fügte sie hinzu: „Wir werden dagegen kämpfen, diese Dinge unterdrücken! Wir werden Ordnung schaffen auf Gloria!“

Während sie noch überlegten, ob sie weitergehen sollten oder nicht, tauchte am nordwestlichen Horizont Red Robundus auf, und nun konnten sie ihre Lage buchstäblich besser überblicken. Bruder Raymonds Wickelgamaschen und natürlich auch sein weißes Hemd waren sehr schmutzig, und Schwester Mary sah nicht viel sauberer aus.

„Ich sollte eigentlich zum Bungalow zurückgehen und mich umziehen“, sagte Raymond.

„Haben wir denn noch Zeit dafür?“

„Ich komme mir wie ein Narr vor, wenn ich so zu den Flits komme.“

„Das bemerken die gar nicht.“

„Wie könnten sie das übersehen?“ schnappte Raymond.

„Wir haben aber keine Zeit“, erklärte Mary entschieden. „Der Inspektor kann jetzt jeden Tag kommen, und die Flits sterben weg wie die Fliegen. Sie werden sagen, das sei unsere Schuld, und das ist dann das Ende der Gospel-Kolonie. Und dabei ist es doch wirklich nicht so, als würden wir den Flits nicht in jeder Beziehung helfen“, fügte sie hinzu.

„Trotzdem meine ich, in sauberen Kleidern würde ich einen besseren Eindruck machen“, wandte Raymond ein.

„Pf! Denen sind saubere Kleider doch völlig egal, so lächerlich, wie die selbst herumrennen!“

„Ich glaube, du hast recht.“

Eine kleine, gelbgrüne Sonne erschien über dem südwestlichen Horizont. „Da kommt Urban . . . Entweder es ist dunkel wie in der Hölle, oder wir haben gleich drei oder vier Sonnen auf einmal!“

„Sonnenlicht läßt die Saaten wachsen“, bemerkte Mary freundlich.

Eine halbe Stunde lang stiegen sie noch weiter, dann blieben sie stehen, um wieder zu Atem zu kommen. Sie schauten über das Tal, hinüber zu der Kolonie, die sie so liebten. Zweiundsiebzigtausend Seelen auf einer schachbrettartigen grünen Ebene, Reihen sauberer weißer Häuser, getüncht und geschrubbt, mit schneeweißen Vorhängen hinter spiegelndem Glas; Rasen und Blumengärten dicht mit Tulpen bestanden; Gemüsegärten voll Kohl, Krauskohl und Melonen.

Raymond schaute zum Himmel hoch. „Es wird regnen."

„Woher weißt du das?" fragte Mary.

„Erinnerst du dich an den Wolkenbruch, den wir hatten, als Urban und Robundus zuletzt gemeinsam im Westen standen?"

Mary schüttelte den Kopf. „Das hat doch nichts zu bedeuten."

„Hier hat alles etwas zu bedeuten. Das ist das Gesetz des Universums und die Basis für unser ganzes Denken."

Ein Windstoß fegte heulend vom Kamm herab und brachte große Staubwirbel und -fahnen mit. Sie drehten sich in seltsamen Farben, Schattierungen und Nebeln in den einander entgegenstehenden Lichtern der gelbgrünen Urban und der Roten Robundus.

„Da hast du deinen Regen!" schrie Mary durch das Heulen des Windes. Raymond zog den Kopf ein und marschierte weiter. Wenig später legte sich der Wind.

„An Regen oder sonst etwas auf Gloria glaube ich erst dann, wenn ich's sehe", sagte Mary.

„Wir haben nicht genug Tatsachen", beharrte Raymond. „Unvorhersehbare Dinge sind noch längst keine Magie."

„Es ist nur alles so unvorhersehbar." Sie schaute zurück über die Flanke des Grand Montagne. „Gott sei Dank, daß wir die Uhr haben. Auf die ist wenigstens Verlaß."

Die Straße wand sich die Bergflanke hoch, durch Wäldchen horniger Nadelbäume, durch Dickichte aus grauem Busch und purpurnem Dornengerank. Manchmal gab es gar keinen Weg mehr. Dann mußten sie sich wie Pfadfinder durchwühlen. Manchmal endete das Sträßchen an einer Böschung oder einer blanken Felswand und setzte sich fort entweder drei Meter tiefer oder fünf Meter höher. Doch das waren geringere Unbequemlichkeiten, mit denen sie leicht fertig wurden.

„Wie schön, wenn eine Sonne um sieben Uhr abends

untergehen würde", sagte Mary. „Aber das wäre zu normal, zu beiläufig."

Beide Sonnen gingen um Viertel nach sieben unter. Der Sonnenuntergang dauerte meistens zehn Minuten und war prachtvoll. Dann folgten fünfzehn Minuten Zwielicht, darauf eine unbestimmbar lange Nacht.

Den Sonnenuntergang versäumten sie eines Erdbebens wegen. Über die Straße hüpften Steine. Sie suchten Schutz unter einem Felsvorsprung aus Granit, während große Brocken auf die Straße polterten und den Abhang hinabstürzten.

Endlich hörte der Steinhagel auf, nur ein paar Kiesel sprangen als Nachhut hinterher. „Ist das alles?" fragte Mary ein bißchen ängstlich.

„Sieht ganz so aus."

„Ich habe Durst."

Raymond reichte ihr die Feldflasche, und sie trank.

„Wie weit ist es noch bis nach Fleetville?"

„Zur Alt- oder Neustadt?"

„Das ist mir egal", erklärte sie müde. „Eine von beiden."

Raymond zögerte. „Es ist nur so, daß ich die Entfernung zu keiner von beiden weiß."

„Nun, wir können ja nicht die ganze Nacht hier bleiben."

„Es wird schon wieder Tag", stellte Raymond fest, als der weiße Zwerg Maude im Nordosten den Himmel silbern anmalte.

„Es ist Nacht", erklärte Mary voll stiller Verzweiflung. „Die Uhr sagt, es ist Nacht. Mir ist's egal, ob sämtliche Sonnen der Galaxis jetzt scheinen oder nicht, sogar unsere Heimatsonne miteingeschlossen. Solange die Uhr sagt, es sei Nacht, solange ist es Nacht!"

„Aber wir können die Straße sehen ... Neustadt ist direkt hinter dem Bergrücken. Ich kann mich an diesen großen Felszacken erinnern. Der war auch schon das letzte Mal hier, als ich durchkam."

Raymond war erstaunter als Mary, daß die Neustadt tatsächlich dort lag, wo er sie vermutet hatte. Sie trotteten in die Siedlung. „Hier ist es aber furchtbar still.“

Es waren drei Dutzend Hütten aus Beton und gutem, klarem Glas, jede hatte gefiltertes Wasser, eine Dusche, einen Waschkessel und eine Toilette. Die Dächer waren, um den Vorbehalten der Flits zu begegnen, mit Dornen gedeckt, und innere Trennwände gab es nicht. Alle Hütten waren leer.

Mary schaute in eine Hütte hinein. „Mpf! Gräßlich!“ Sie rümpfte die Nase. „Wie das riecht!“

Die Fenster der zweiten Hütte hatten kein Glas. Raymond sah grimmig und sehr zornig drein. „Und ich habe das Glas persönlich auf meinem blasenbedeckten Rücken herangeschleppt! Sie danken uns das so!“

„Mir ist's egal, ob sie's uns danken oder nicht“, sagte Mary, „ich mache mir nur Sorgen um den Inspektor. Er wird uns die Schuld geben an . . .“ – sie deutete – „. . . an diesem Schmutz. Schließlich sind wir dafür verantwortlich.“

Raymond kochte vor Zorn, als er seine Runde durch die Siedlung machte. Er rief sich den Tag ins Gedächtnis zurück, da Neustadt fertig gewesen war – ein Modelldorf, sechsunddreißig makellose Hütten, kaum geringer als die Bungalows der Kolonie. Erzdiakon Burnette hatte den Segen gesprochen. Die freiwilligen Helfer hatten sich hingekniet, um auf dem Hauptplatz zu beten. Fünfzig oder sechzig Flits waren von den Bergen herabgekommen, um zuzuschauen, ein großäugiges, zerlumptes Pack: die Männer mit ungekämmtem, schmutzstarrendem Haar, die Frauen dick und der Vielmännerei ergeben, wie die Kolonisten geglaubt hatten.

Nach dem Segen des Erzdiakons hatte er dem Häuptling des Stammes einen großen Schlüssel aus vergoldetem Sperrholz überreicht. „Häuptling, das hier wird nun in deine Obhut übergeben, auch die Zukunft und die Wohlfahrt deines Volkes! Bewache und pflege es!"

Der Häuptling war über zwei Meter hoch, schlank wie eine Föhre, sein Profil scharf und wie gemeißelt und hart wie der Panzer einer Schildkröte. Er trug fettige schwarze Lumpen und einen langen Stab, der mit einem Ziegenfell bezogen war. Er allein sprach in diesem Stamm die Sprache der Kolonisten, wenn auch mit einem Akzent, der alle schockierte. „Die gehen mich nichts an", sagte er mit seiner groben Stimme. „Die tun ja doch, was sie mögen. So ist's am besten."

Erzdiakon Burnette war dieser Einstellung schon öfter begegnet. Er war ein großherziger Mann und fühlte sich nicht gekränkt, er wollte nur gegen eine unvernünftige Haltung angehen. „Wollt ihr denn nicht zivilisiert werden? Wollt ihr nicht Gott verehren, ein sauberes, gesundes Leben führen?"

„Nein."

Der Erzdiakon lachte. „Nun, wir werden trotzdem helfen, soviel wir können. Wir können euch lehren, zu lesen, und zu rechnen; wir können eure Krankheiten kurieren. Natürlich müßt ihr euch sauber halten und regelmäßige Gewohnheiten annehmen. Das heißt nämlich Zivilisation."

Der Häuptling grunzte. „Ihr wißt ja nicht mal, wie man Ziegen hütet."

„Wir sind keine Missionare", fuhr der Erzdiakon fort. „Aber wenn ihr die Wahrheit erkennen wollt, sind wir bereit, euch zu helfen."

„Hm. Und was verdienst du daran?"

Der Erzdiakon lächelte. „Nichts!"

Der Häuptling drehte sich um und rief seine Stammesbrüder zusammen. Sie rannten in einem wüsten Durcheinander über die Felsen, kletterten hoch wie die Irren, ihre Haare flogen, und ihre Ziegenfelle flappten vom Rennen.

„Was ist, was ist?“ rief der Erzdiakon. „Kommt sofort zurück!“ Aber der Häuptling rannte schon seinen Leuten nach.

„Ihr seid lauter Verrückte!“ rief er nach unten, als er auf einem Felsblock stand.

„Nein, nein!“ schrie der Erzdiakon zurück, und es war eine großartige Szene, eindrucksvoll wie auf der Bühne: der weißhaarige Erzdiakon schrie hinauf zum wilden Häuptling eines wilden Stammes wie ein heiliger, kommandierender Satyr, und das alles im Licht von drei Sonnen. Irgendwie war es gespenstisch.

Jemand lockte dann den Häuptling wieder nach Neustadt zurück. Alt Fleetville lag eine halbe Meile weiter und höher in einem Sattel, der wie ein Kamin alle Winde und Wolken des Grand Montagne einfing, und selbst die Ziegen hatten oft Mühe, sich an die Felsen zu klammern. Es war kalt, feucht und trübselig. Der Erzdiakon hämmerte jedem die Nachteile von Alt Fleetville ein, doch der Häuptling bestand darauf, es sei ihm lieber als die neue Siedlung.

Fünfzig Pfund Salz machten dann den Unterschied aus. Der Erzdiakon verstieß damit gegen seinen Grundsatz, niemals mit Bestechung zu arbeiten. Etwa sechzig des Stammes bezogen die neuen Hütten ziemlich amüsiert und herablassend, als habe ihnen der Erzdiakon zugemutet, ein kindisches, läppisches Spiel zu spielen.

Der Erzdiakon sprach noch einen Segen über die Siedlung, und die Kolonisten knieten dazu nieder. Die Flits sahen neugierig von den Türen und Fenstern ihrer neuen Häuser aus zu. Zwanzig oder dreißig kamen mit einer Ziegenherde von oben herab, und die Tiere quartieren sie in der kleinen Kapelle ein. Das Lächeln des Erzdiakons wurde gequält und gefror allmählich, doch zu seiner Ehre sei gesagt, daß er es ihnen nicht verbot.

Nach einer Weile marschierten die Kolonisten ins Tal

zurück. Sie hatten getan, was sie konnten, doch sie wußten selbst nicht genau, was sie getan hatten.

Zwei Monate später war Neustadt verlassen. Bruder Raymond und Schwester Mary Dunton gingen durch die Siedlung. Die Hütten hatten dunkle Fenster und gähnende Türen.

„Wohin sind sie nur gegangen?“ fragte Mary flüsternd.

„Die sind alle verrückt“, erklärte Raymond. „Durch und durch verrückt.“ Er ging zur Kapelle und schob den Kopf durch den Türspalt. Seine Knöchel wurden ganz weiß, als sich die Hand an den Türrahmen klammerte.

„Was ist denn los?“ fragte Mary besorgt.

Raymond schob sie zurück. „Leichen . . . Zehn, zwölf, vielleicht sogar fünfzehn Leichen da drinnen.“

„Raymond!“ Sie schauten einander an. „Wie? Warum?“

Raymond schüttelte den Kopf. Gemeinsam drehten sie sich um und schauten den Berg hoch in Richtung Alt Fleetville.

„Ich glaube, das müssen jetzt wir herausfinden.“

„Aber dies ist . . . dies ist so schön gewesen“, platzte Mary heraus. „Das sind ja . . . *Biester!* Es hätte ihnen hier doch gefallen müssen!“ Sie wandte sich ab und schaute über das Tal, denn Raymond sollte ihre Tränen nicht sehen. Neustadt hatte ihr so viel bedeutet. Mit ihren eigenen Händen hatte sie die Steine sauber gewaschen und um jede Hütte einen schönen, ordentlichen Zaun gebaut. Diese Mäuerchen hatten sie einfach umgeworfen, und das hatte ihre Gefühle sehr verletzt. „Die Flits sollen doch leben, wie sie wollen, so schmutzig und eklig, wie sie sind. Sie sind verantwortungslos“, erklärte sie Raymond. „Völlig verantwortungslos!“

Raymond nickte. „Mary, wir gehen weiter.“

Mary wischte sich über die Augen. „Vielleicht sind sie auch Gottes Kreaturen, aber ich verstehe nicht, warum sie das sein sollten.“ Sie schaute Raymond an. „Und erzähl mir jetzt nur nicht, daß Gottes Wege geheimnisvoll seien!“

„Okay!”, antwortete Raymond. Sie kletterten über die Felsen hinauf in Richtung Alt Fleetville. Das Tal wurde immer enger. Maude schwang sich zum Zenit empor und schien dort zu hängen.

Sie blieben stehen, um Atem zu holen. Mary wischte sich den Schweiß von der Stirn. „Bin ich jetzt verrückt, oder wird Maude größer?“ fragte sie.

Raymond schaute. „Vielleicht schwillt sie wirklich etwas an.“

„Dann ist es entweder eine Nova, oder wir fallen hinein.“

„Ich fürchte, in diesem System könnte alles passieren.“ Raymond seufzte. „Falls es in der Umlaufbahn Glorias irgendwelche Regelmäßigkeiten geben sollte, so sind sie bisher jeder Analyse entgangen.“

„Wir können leicht in eine der Sonnen fallen“, sagte Mary nachdenklich.

Raymond zuckte die Schultern. „Das System geht schon seit ein paar Millionen Jahre so durcheinander. Das ist noch unsere beste Garantie.“

„Unsere einzige.“ Sie ballte die Hände zu Fäusten. „Wenn nur irgendwo ein bißchen Sicherheit wäre, etwas, das man anschauen könnte, um zu sagen, das hier verändert sich nicht, darauf kann man sich verlassen. Aber hier gibt es nichts! Das reicht wirklich, einen zum Wahnsinn zu treiben.“

Raymonds Lachen wirkte zerbrechlich wie Glas. „Nicht, Liebes. Die Kolonie hat auch so schon genug Sorgen.“

Sofort wurde Mary wieder nüchtern. „Entschuldige, Raymond . . .“

„Ich machte mir schon Sorgen“, gab Raymond zu. „Gestern erst habe ich im Ruheheim mit Direktor Birch gesprochen.“

„Wie viele sind es jetzt?"

„Fast dreitausend. Und jeden Tag kommen noch mehr dazu." Er seufzte. „Gloria hat etwas an sich, das jedem Menschen entsetzlich auf die Nerven geht. Das läßt sich leider nicht leugnen."

Mary holte tief Atem und drückte Raymonds Hand. „Liebling, wir werden dagegen kämpfen und siegen! Es wird allmählich doch alles Routine werden. Wir werden alles in Ordnung bringen."

„Mit Gottes Hilfe", antwortete Raymond.

„Da geht Maude schon wieder", sagte Mary. „Wir sehen besser zu, daß wir noch bei Licht nach Alt Fleetville kommen."

Ein paar Minuten später begegneten sie einem Dutzend Ziegen, die von ebenso vielen Schmuddelkindern begleitet waren. Einige hatten Lumpen an, andere Ziegenfelle, wieder andere gar nichts, und der Wind blies auf ihre Rippen, die wie Waschbretter aussahen.

Auf der anderen Seite des Weges sahen sie eine andere Herde, diesmal etwa hundert, mit einem einzigen Halbwüchsigen zum Aufpassen.

„So machen es die Flits", bemerkte Raymond, „zwölf Kinder hüten zwölf Ziegen, und ein Halbwüchsiger hat hundert Ziegen."

„Sie müssen Opfer einer Geisteskrankheit sein . . . Ist Geisteskrankheit erblich?"

„Das ist ein strittiger Punkt . . . Ich rieche schon Alt Fleetville."

Maude verließ den Himmel in einem Winkel, der eine lange Dämmerung versprach. Mit schmerzenden Füßen stampften Raymond und Mary weiter in das Dorf. Ihnen folgten die Ziegen und die Kinder.

„Sie verlassen Neustadt, das saubere, hübsche Neustadt, um in diesen Schmutz zurückzukehren!" rief Mary angewidert.

„Vorsicht, tritt nicht auf diese Ziege!" Raymond führte

sie an einem angefressenen Kadaver vorbei, der auf dem Pfad lag. Mary biß sich auf die Lippen.

Sie fanden den Häuptling auf einem Felsen; er starrte in die Luft, begrüßte sie weder erstaunt noch erfreut. Kinder trugen dürres Buschzeug und Dornenzweige zu einem Scheiterhaufen zusammen.

„Was geht hier vor?“ fragte Raymond gewaltsam freundlich. „Ein Fest? Ein Tanz?“

„Vier Männer, zwei Frauen. Werden alle verrückt und sterben. Wir verbrennen sie.“

Mary schaute den Holzstoß an. „Ich wußte gar nicht, daß ihr die Toten verbrennt.“

„Diesmal verbrennen wir sie.“ Er griff aus und berührte Marys glänzendes Goldhaar. „Du bist mein Weib für eine Weile.“

Mary trat zurück. „Nein, danke“, erklärte sie mit zitternder Stimme. „Ich bin mit Raymond verheiratet.“

„Die ganze Zeit?“

„Ja, die ganze Zeit.“

Der Häuptling schüttelte den Kopf. „Du bist verrückt. Du stirbst auch bald.“

„Warum habt ihr den Kanal zerstört?“ fragte Raymond streng. „Zehnmal haben wir ihn repariert. Zehnmal kommen die Flits im Dunkeln herab und reißen die Ufer ein.“

Der Häuptling überlegte. „Der Kanal ist verrückt.“

„Er ist nicht verrückt. Er hilft bewässern. Er hilft den Bauern.“

„Er geht immer gleich.“

„Du meinst, er ist gerade?“

„Gerade? Was ist das für ein Wort?“

„Er geht immer in einer Linie, in einer Richtung.“

Der Häuptling wiegte sich vor und zurück. „Schau mal. Berge. Gerade?“

„Nein, natürlich nicht.“

„Sonne – gerade?“

„Schau doch . . .“

„Mein Bein." Der Häuptling streckte das linke Bein aus, es war knorrig und mit dichtem Haar bedeckt. „Gerade?"

„Nein", seufzte Raymond. „Dein Bein ist nicht gerade."

„Dann warum machen Kanal gerade? Verrückt." Er lehnte sich zurück. Das Thema war für ihn erledigt. „Warum bist du gekommen?"

„Nun, zu viele Flits sterben", sagte Raymond. „Wir wollen euch helfen."

„Ist schon gut. Ist nicht ich, ist nicht du."

„Wir wollen aber nicht, daß ihr sterbt. Warum bleibt ihr nicht in Neustadt?"

„Flits werden verrückt, springen von Felsen." Er stand auf. „Kommt. Hier ist Essen."

Sie überwanden ihren Widerwillen und knabberten ein wenig an einer gegrillten Ziege. Ohne jede Zeremonie wurden vier Leichen in das Feuer geworfen. Einige der Flits begannen zu tanzen.

Mary stieß Raymond an. „Paß auf. Aus den Tänzen läßt sich die Kultur eines Volkes verstehen."

Raymond paßte auf. „Ich sehe da kein Muster. Da macht einer ein paar Hopser und setzt sich. Andere laufen im Kreis herum. Ein paar wedeln nur mit den Armen."

„Die sind alle verrückt", wisperte Mary. „Verrückt wie Sandpfeifer."

Raymond nickte. „Das glaube ich dir."

Es begann zu regnen. Red Robundus brannte am Osthimmel, doch machte sich nicht die Mühe, richtig aufzugehen. Der Regen wurde zum Hagel. Mary und Raymond gingen in eine Hütte. Einige Männer und Frauen begleiteten sie, und weil sie nichts Besseres zu tun hatten, begannen sie geräuschvoll mit dem Liebesspiel.

„Die werden es direkt vor unseren Augen tun", wisperte Mary verängstigt. „Die haben überhaupt kein Schamgefühl!"

„Ich gehe nicht in diesen Regen hinaus" erklärte Raymond grimmig. „Die können von mir aus alles tun, was sie wollen.“

Mary stieß einen der Männer weg, der ihre Bluse auszuziehen versuchte, und er sprang zurück. „Wie Hunde!“ keuchte sie.

„Die haben keine Hemmungen“, erklärte Raymond apathisch. „Hemmungen führen zu Psychosen.“

„Dann bin ich auch psychotisch“, schniefte Mary, „weil ich Hemmungen habe.“

„Ich auch.“

Der Hagel hörte auf, der Wind blies durch die Scharte und trieb die Wolken vor sich her, dann war der Himmel klar. Raymond und Mary verließen erleichtert die Hütte.

Der Holzstoß war tropfnaß. Vier verkohlte Leichen lagen in der Asche. Keiner beachtete sie.

„Mir liegt es auf der Zungenspitze“, sagte Raymond nachdenklich, „ist am Rand meines Bewußtseins . . .“

„Was?“

„Die Lösung dieses ganzen Flit-Problems.“

„Nun?“

„Es ist ungefähr so: Die Flits sind verrückt, unvernünftig und verantwortungslos.“

„Richtig.“

„Der Inspektor kommt. Wir müssen ihm vorführen, daß die Kolonie keine Drohung für die Eingeborenen darstellt, die Flits in diesem Fall.“

„Wir können die Flits nicht zwingen, ihren Lebensstandard zu verbessern.“

„Nein. Aber wenn wir sie zur Vernunft bringen könnten; wenn wir es fertigbrächten, gegen ihre Massenpsychose . . .“

Mary sah ihn niedergeschlagen an. „Das ist ein schreckliches Stück Arbeit.“

Raymond schüttelte den Kopf. „Du mußt scharf denken, Liebes. Es ist ein richtiges Problem: eine Eingeborenengruppe ist zu psychotisch, als daß sie sich am Leben erhalten könnte. Aber wir *müssen* sie am Leben erhalten. Die Lösung: die Psychose ausrotten."

„Das klingt ja vernünftig, wie du das sagst, aber wie, in des Himmels Namen, sollen wir das anfangen?"

Der Häuptling kam auf seinen Spindelbeinen von den Felsen herab und kaute auf einem Stück Ziegendarm herum. „Wir müssen beim Häuptling beginnen", sagte Raymond.

„Das ist so, als hänge man der Katze eine Schelle um."

„Salz", erklärte Raymond. „Für Salz würde er seiner Großmutter die Haut bei lebendigem Leib abziehen."

Raymond ging auf den Häuptling zu, der erstaunt zu sein schien, daß die beiden noch im Dorf waren. Mary sah vom Hintergrund aus zu.

Raymond redete auf den Häuptling ein; der schaute erst erschüttert drein, dann übellaunig. Raymond bat, flehte und beschwor. Er versprach Salz, soviel der Häuptling den Berg hinaufschleppen könne. Der Häuptling schaute aus seiner Zweimeterhöhe herab auf Raymond, warf die Hände hoch, ging weg, setzte sich auf einen Felsen und kaute auf einem Ziegendarm herum.

„Er kommt", sagte Raymond, als er zu Mary zurückkehrte.

Direktor Birch war überaus herzlich zum Häuptling. „Wir fühlen uns geehrt! Nicht oft haben wir so ehrenvollen Besuch. Wir werden alles in kürzester Zeit in Ordnung haben!"

Der Häuptling hatte nur irgendwelche Linien mit seinem Stab in den Staub gekratzt. „Wann krieg' ich Salz?" fragte er Raymond.

„Jetzt sehr bald. Erst gehst du mit Direktor Birch."

„Komm mit", sagte der Direktor. „Wir machen eine nette Fahrt."

Der Häuptling wandte sich um und ging dem Grand Montagne zu.

„Nein, nein!“ rief Raymond. „Komm hierher zurück!“ Aber der Häuptling schritt schneller aus.

Raymond lief ihm nach und stieß gegen seine Knubbelknie. Der Häuptling fiel wie ein Sack mit Werkzeug um. Direktor Birch verpaßte dem Häuptling eine Sedativ-Injektion, und bald war der trübäugige, zappelnde Häuptling sicher in der Ambulanz.

Bruder Raymond und Schwester Mary sahen der Ambulanz nach, die das Sträßchen entlangzockelte. Dikker Staub wölkte auf und hing im grünlichen Sonnenlicht. Die Schatten sahen blaupurpurn aus.

„Ich hoffe, wir machen das richtig“, sagte Mary mit zitternder Stimme. „Der arme Häuptling sah so . . . pathetisch drein. Wie eine seiner Ziegen, die geschlachtet wird.“

„Wir können nur das tun, was wir für das Beste halten, Liebes“, antwortete Raymond.

„Aber ist dies auch das Beste?“

Die Ambulanz war verschwunden, der Staub hatte sich gesetzt. Über dem Grand Montagne flackerten Blitze aus schwarzgrünen Gewitterwolken. Faro schien wie ein Katzenauge im Zenit. Die Uhr, die gute, alte, zuverlässige, vernünftige Uhr sagte, es sei Mittag zwölf Uhr.

„Das Beste“, meinte Mary nachdenklich, „ein relatives Wort.“

„Wenn wir die Flit-Psychose ausräumen“, erklärte Raymond, „wenn wir ihnen beibringen können, ein sauberes, ordentliches Leben zu führen, dann ist das sicher das Beste . . . Ganz gewiß ist es das Beste für die Kolonie.“

Mary seufzte. „Vermutlich. Aber der Häuptling sah so . . . geschlagen drein.“

„Wir werden ihn morgen sehen. Jetzt schläfst du besser.“

Als Raymond und Mary erwachten, sickerte rosafarbenes Licht durch die herabgezogenen Blenden. Robundus, vielleicht zusammen mit Maude. „Schau mal auf die Uhr", bat Mary gähnend. „Ist es Tag oder Nacht?"

Raymond stützte sich auf den Ellbogen. Die Uhr war in die Wand eingebaut, eine Kopie der Uhr am Berg der Rettung. Sie wurde durch Radioimpulse über die Zentrale gesteuert. „Zehn nach sechs. Nachmittag."

Sie standen auf und zogen sich an, saubere Wickelgamaschen und weiße Hemden. Sie aßen in der peinlich ordentlichen winzigen Küche, dann telefonierte Raymond mit dem Ruheheim.

Direktor Birchs Stimme klang energisch aus dem Sprechgerät. „Gott helfe dir, Bruder Raymond."

„Gott helfe dir, Direktor. Wie geht es dem Häuptling?"

Der Direktor zögerte. „Wir mußten ihn unter Sedativa halten. Er hat sehr tiefsitzende Schwierigkeiten."

„Kannst du ihm helfen? Es ist sehr wichtig."

„Wir können es versuchen. Am Abend werden wir ihn uns vornehmen."

„Vielleicht ist es besser, wenn wir dabei sind", sagte Mary.

„Wenn ihr wollt . . . Acht Uhr?"

„Gut."

Das Ruheheim war ein langes, niedriges Gebäude am Rand der Stadt Gloria. Vor kurzem hatte man neue Flügel angebaut, und dahinter lagen noch Baracken.

Direktor Birch begrüßte sie mit etwas gehetzter Miene. „Wir sind so knapp an Raum und Zeit. Ist dieser Flit denn wirklich so schrecklich wichtig?"

Raymond versicherte ihm, des Häuptlings Gesundheit sei für alle eine Sache großer Sorge.

Direktor Birch hob die Hände. „Kolonisten drängen sich zur Behandlung. Sie werden wohl warten müssen."

„Ist . . . diese Schwierigkeit noch immer vorhanden?" fragte Mary nüchtern.

„Das Heim wurde mit fünfhundert Betten gebaut", erklärte Direktor Birch. „Wir haben jetzt dreitausendsechshundert Patienten, von den achtzehnhundert Kolonisten, die wir zur Erde evakuiert haben, gar nicht zu reden."

„Aber es wird doch sicher allmählich besser?" fragte Raymond. „Die Kolonie ist doch schon über den Berg. Da brauchen wir uns keine Sorgen mehr zu machen."

„Die Sorgen scheinen ja die Schwierigkeiten zu sein."

„Und was sind die Schwierigkeiten?"

„Vermutlich die neue Umgebung. Wir sind Menschen des Erdtyps. Die ganze Umgebung ist fremd."

„Aber so fremd ist sie doch nicht!" rief Mary. „Wir haben doch genau die Erdgemeinden kopiert. Eine nette, hübsche Gemeinde. Wir haben Erdenhäuser und Erdenblumen und Erdenbäume."

„Wo ist der Häuptling?" fragte Bruder Raymond.

„Nun ja, im Moment auf der bewachten Sicherheitsstation."

„Ist er gewalttätig?"

„Nicht unfreundlich. Er will nur raus. Destrukiv! So etwas habe ich noch nie gesehen."

„Hast du ... wenigstens eine Ahnung? Vorläufig wenigstens?"

Grimmig schüttelte Direktor Birch den Kopf. „Wir versuchen noch immer, ihn einzuordnen. Schaut mal." Er reichte Raymond einen Bericht. „Das ist sein Zonenüberblick."

„Intelligenz Null." Raymond schaute auf. „Ich weiß aber, daß er nicht so dumm ist."

„Man würde es auch nicht glauben. Das ist nur eine vage Annahme. Die normalen Tests lassen sich bei ihm nicht anwenden – thematische Wahrnehmung und dergleichen. Sie sind für unseren eigenen kulturellen Hintergrund entwickelt worden. Aber diese Tests hier ..." – er deutete auf den Bericht, „... die sind primitiv. Wir verwenden sie bei Tieren, etwa Zapfen in Löcher stecken,

Farben zusammenstellen, einander widersprechende Muster festlegen, durch einen Irrgarten fädeln."

„Und der Häuptling?"

Direktor Birch schüttelte betrübt den Kopf. „Wäre es möglich, ein negatives Resultat zu erlangen, so hätte er es."

„Wie das?"

„Nun, wenn er zum Beispiel einen kleinen runden Zapfen in ein kleines rundes Loch stecken soll, so bricht er erst den sternförmigen Zapfen auseinander, dann zwängt er ihn mit Gewalt seitlich hinein, und schließlich zerbricht er das Brett."

„Warum?"

„Wir wollen ihn sehen", sagte Mary.

„Er ist doch hoffentlich sicher?" fragte Raymond.

„Oh, natürlich."

Sie hatten den Häuptling in einem sehr hübschen Raum eingesperrt, der drei mal drei Meter groß war. Er hatte ein weißes Bett, weiße Laken, graue Decken. Der Plafond war von einem ruhigen Grün, der Boden von einem ebenso ruhigen Grau.

„Oh", sagte Mary lachend, „du warst aber fleißig."

„Ja", sagte Direktor Birch zwischen zusammengebissenen Zähnen. „Er war fleißig."

Die Laken waren zerfetzt, das Bett lag mitten im Raum auf der Seite, die Wände waren beschmutzt. Der Häuptling hockte auf der doppelt zusammengelegten Matratze.

„Warum machst du dieses Durcheinander?" fragte Birch streng. „Das ist wirklich nicht klug, weißt du."

„Ihr sperrt mich hier ein", fauchte der Häuptling. „Ich mache so, wie mir gefällt. In deinem Haus du machst, wie dir gefällt." Er schaute Raymond und Mary an. „Noch wieviel Zeit?"

„Nur noch ein wenig", sagte Mary. „Wir wollen dir helfen."

„Verrückte Rede, alles verrückt." Der Häuptling

mischte in seiner Wut viele Zisch- und Gutturallaute in seine Rede, so daß sie ziemlich unverständlich wurde. „Warum mich bringen her?“

„Es ist doch nur für einen Tag oder zwei“, versuchte ihn Mary zu besänftigen. „Dann bekommst du Salz, viel Salz.“

„Tag ist, wenn die Sonne ist da.“

„Nein“, sagte Bruder Raymond. „Siehst du das?“ Er deutete auf die eingebaute Wanduhr. „Wenn dieser Zeiger zweimal rundherum geht, dann ist das ein Tag.“

Der Häuptling lachte zynisch.

„Wir führen unser Leben danach, und es hilft uns“, erklärte Raymond.

„So wie die große Uhr am Berg der Rettung“, ergänzte Mary.

„Großer Teufel“, sagte der Häuptling ernsthaft. „Ihr gute Leute. Ihr alle verrückt. Kommt nach Fleetville. Ich euch helfen. Viel gute Ziegen. Wir werfen Steine auf Großen Teufel.“

„Nein“, widersprach ihm Mary ruhig. „So geht das nicht. Jetzt wirst du tun, was der Doktor sagt. Dieses Durcheinander hier, das ist sehr schlecht.“

Der Häuptling legte den Kopf in die Hände. „Ihr mich laßt gehen. Salz behaltet ihr. Ich geh' heim.“

„Komm“, sagte der Direktor freundlich. „Wir tun dir nicht weh.“ Er schaute auf die Uhr. „Zeit für die erste Behandlung.“

Zwei Sanitäter waren nötig, um den Häuptling ins Labor zu bringen. Man setzte ihn in einen gepolsterten Stuhl und machte ihm Arme und Beine daran fest, damit er sich selbst nicht verletzen konnte. Er tat einen schrecklichen, heiseren Schrei. „Der Teufel, der Große Teufel kommt und schaut mein Leben an!“

„Deckt die Wanduhr zu!“ befahl der Direktor einem Sanitäter. „Sie stört den Patienten.“

„Bleib nur ruhig liegen", redete ihm Mary zu. „Wir wollen dir helfen. Dir und deinem ganzen Stamm."

Der Sanitäter verpaßte ihm eine Injektion mit D-Beta-Hypnidin. Der Häuptling entspannte sich, hatte die leeren Augen offen, und seine magere Brust hob und senkte sich.

„Jetzt ist er leicht beeinflußbar", sagte Birch leise zu Mary und Raymond, „ihr müßt also sehr still sein. Keinen Ton!"

Raymond und Mary setzten sich auf Stühle an der Wand.

„Hallo, Häuptling", sagte Direktor Birch.

„Hallo."

„Hast du's bequem?"

„Viel zu hell. Viel zu weiß."

Der Sanitäter dämpfte das Licht.

„Besser?"

„Ja, besser."

„Hast du Sorgen?"

„Ziegen verletzen Füße, bleiben oben am Berg. Verrückte Leute unten im Tal. Wollen nicht gehen."

„Was meinst du mit ‚verrückt'?"

Der Häuptling schwieg. „Wenn wir seine Definition der Vernunft analysieren, bekommen wir den Schlüssel zu seiner eigenen Verwirrung", flüsterte Birch Mary und Raymond zu.

Der Häuptling lag ruhig da. „Erzähl uns ein bißchen von deinem Leben", forderte Birch ihn freundlich auf.

Dazu war der Häuptling sofort bereit. „Ah, gut. Ich Häuptling. Ich alle Reden verstehe. Niemand sonst weiß Dinge."

„Ein gutes Leben, was?"

„Sicher. Alles gut." Er redete weiter, zusammenhanglos, in abgerissenen Worten, manches blieb unverständlich, aber das Bild seines Lebens zeichnete sich klar ab. „Alles geht leicht. Keine Plage, keine Sorgen, alles gut.

Wenn regnet, Feuer ist gut. Wenn Sonne scheint heiß, ist Wind gut. Viele Ziegen. Alle essen."

„Hast du keine Sorgen?"

„Hab' ich. Verrückte Leute leben im Tal. Machen Stadt. Neustadt. Nicht gut. Gerade, gerade, alles gerade. Nicht gut. Verrückt. Schlecht, ganz schlecht. Wir viel Salz bekommen, aber gehen von Neustadt, laufen Berg hinauf zu alte Platz."

„Du magst also die Leute im Tal nicht?"

„Sind gute Leute, nur alle verrückt. Großer Teufel bringt sie ins Tal, schaut immer zu. Bald gehen alle tick-tick-tick wie Große Teufel."

Direktor Birch wandte sich an Raymond und Mary, er war sehr verblüfft. „Es geht nicht gut. Er ist zu sicher, zu aufrichtig."

„Kannst du ihn kurieren?" fragte Raymond vorsichtig.

„Ehe ich eine Psychose heilen kann, muß ich sie lokalisieren", erklärte Direktor Birch, „doch bis jetzt habe ich noch keine Spur."

„Es ist doch nicht gesund, wenn sie wie die Fliegen wegsterben", flüsterte Mary. „Und das tun die Flits."

„Warum sterben deine Leute?" wandte sich Birch an den Häuptling. „Warum sterben sie in Neustadt?"

„Sie schauen hinunter. Nicht schön. Ganz verrückt durchgeschnitten. Kein Fluß. Gerades Wasser. Tut Augen weh. Wir machen Kanal auf, machen guten Fluß . . . Hütten genauso. Verrückt, alle sehen gleich aus. Gerade. Leute werden verrückt. Wir sie töten."

„Ich glaube", bemerkte Direktor Birch, „wir können jetzt nichts anderes tun, als diesen Fall genauer zu studieren."

„Ja, wir müssen gründlich darüber nachdenken", pflichtete ihm Raymond bei.

Sie verließen das Ruheheim durch die Empfangshalle. Auf den Bänken drängten sich die Bewerber um Zulassung und ihre Verwandten, auch die Verwahrungsbeamten und Personen in ihrer Obhut. Draußen war der Himmel wie mit Watte bedeckt. Schwaches Licht deutete darauf hin, daß Urban irgendwo am Himmel stand.

Am Rand des Verkehrskreises warteten Mary und Raymond auf den Bus. „Da stimmt etwas nicht, ganz und gar nicht", sagte Raymond.

„Und ich bin nicht sicher, daß dies nicht in uns ist." Schwester Mary schaute sich ein wenig um, blickte über den jungen Obstgarten, die Sarah Gulvin Avenue entlang in die Mitte von Gloria City.

„Ein fremder Planet bedeutet immer Kampf", bemerkte Bruder Raymond. „Wir müssen Gottvertrauen haben – und kämpfen!"

Mary griff nach seinem Arm. „Was ist los?" fragte er.

„Ich glaube etwas gesehen zu haben, das durch die Büsche lief."

Raymond streckte den Hals. „Ich sehe nichts."

„Ich glaube, das war der Häuptling."

„Liebes, das meinst du nur."

Sie bestiegen den Bus und waren bald sicher in ihrem Haus mit den weißen Mauern und dem Blumengarten.

Der Kommunikator summte. Es war Direktor Birch. „Ich will euch keine Angst machen, aber der Häuptling läuft frei herum", sagte er mit besorgter Stimme. „Wir wissen nicht, wo er ist."

„Ich wußte es doch", flüsterte Mary.

„Glaubst du, daß Gefahr besteht?" fragte Raymond nüchtern.

„Nein. Seine Psychomuster sind nicht gefährlich. Ich würde trotzdem mein Haus absperren."

„Danke für den Anruf, Direktor."

„Das war selbstverständlich, Bruder Raymond."

„Und was jetzt?" fragte Mary nach einer kurzen Pause.

„Ich sperre die Türen ab, und wir schlafen diese Nacht gut."

Irgendwann in der Nacht wachte Mary ganz plötzlich

auf. Bruder Raymond rollte sich auf die Seite. „Was ist los?“

„Ich weiß es nicht“, sagte Mary. „Wie spät ist es?“

Raymond schaute auf die Wanduhr. „Fünf vor eins.“ Mary lag still da. „Hast du etwas gehört?“

„Nein“, antwortete Mary. „Es war nur . . . so eine komische Ahnung. Etwas stimmt nicht, Raymond.“

Er zog sie an sich, so daß ihr blonder Kopf in seiner Halskuhle ruhte. „Liebes, wir können nur unser Bestes tun und beten, daß dies Gottes Wille sei.“

Sie dösten ein, warfen sich unruhig hin und her, Raymond stand auf und ging ins Badezimmer. Draußen war Nacht, nur im Norden glühte ein rosiger Schein am Himmel.

Raymond schlurfte schläfrig zurück ins Bett.

„Wie spät ist es, Lieber?“ fragte Mary.

Raymond spähte auf die Uhr. „Fünf vor eins.“ Er ging ins Bett. Mary versteifte sich. „Sagtest du fünf vor eins?“

„Na, natürlich.“ Ein paar Sekunden später kletterte er heraus und schlurfte in die Küche. „Dort ist's auch fünf vor eins“, berichtete er, als er zurückkam. „Ich rufe die Zeit an, sie sollen einen Puls ausschicken.“

Er drückte den Knopf am Kommunikator. Nichts. „Keine Antwort.“

„Versuch's noch mal“, bat Mary neben ihm.

Raymond tippte die Nummer. „Sonderbar“, stellte er fest.

„Ruf die Auskunft an.“

Raymond rief die Auskunft an. Ehe er seine Frage formulieren konnte, meldete eine knappe Stimme: „Die Große Uhr ist momentan nicht in Ordnung. Bitte, habt Geduld. Die Große Uhr ist nicht in Ordnung.“

Raymond glaubte die Stimme zu erkennen. Er drückte den Sichtknopf. „Gott erhalte dich, Bruder Raymond“, sagte die Stimme.

„Dich auch, Bruder Ramsdel . . . Was, um Himmels willen, ist da los?“

„Einer deiner Schützlinge, Raymond. Einer der Flits. Verrückt, total verrückt. Er hat Steinblöcke zur Uhr hinabgerollt.“

„Ha-hat er?“

„Er hat einen Erdrutsch ausgelöst. Wir haben keine Uhr mehr.“

Inspektor Coble fand auf dem Raumhafen von Gloria City keinen Menschen vor, der ihn abgeholt hätte. Wirklich, er war allein, sosehr er auch schaute. Ein Papierfetzen wehte über das Feldende. Sonst rührte sich nichts.

Inspektor Coble fand das merkwürdig. Immer und überall stand ein Empfangskomitee bereit mit einem ehrenden, wenn auch ermüdenden Programm. Erst ging es immer zum Bungalow des Erzdiakons, wo ein Bankett stattfand mit heiteren Reden und stolzen Fortschrittsberichten, dann zum Gottesdienst in der Kapelle, und schließlich wurde er immer voll Förmlichkeit zum Fuß des Grand Montagne geleitet.

Ausgezeichnete Leute, überlegte der Inspektor, aber viel zu ehrlich und fanatisch, als daß sie interessant wären.

Er ließ Instruktionen bei den beiden Männern, der Crew des offiziellen Schiffes, und machte sich zu Fuß nach Gloria City auf.

Inspektor Coble schritt energisch aus, blieb aber unvermittelt stehen. Er hob den Kopf, um die Luft zu erschnuppern, er sah sich um, richtig nach allen Seiten. Langsam und stirnrunzelnd ging er weiter. Die Kolonisten hatten wohl Veränderungen vorgenommen, doch er konnte nicht bestimmen, wie und wo. Der Zaun hier – ein Stück war herausgerissen. Im Graben neben der Straße wuchs hohes Unkraut. Er bemerkte eine Bewegung im Harfengras hinter dem Graben und hörte junge Stimmen.

Er war neugierig, sprang in den Graben und teilte das hohe Gras.

Ein Junge und ein Mädchen, beide etwa sechzehn, wateten in einem flachen Tümpel. Das Mädchen hielt drei Wasserblumen in der Hand, der Junge küßte sie. Beide wandten ihm verblüffte Gesichter zu; der Inspektor zog sich zurück.

Auf der Straße schaute er nach links und rechts. Wo, zum Donner, waren nur die Leute? Niemand arbeitete auf den Feldern. Coble zuckte die Schultern und ging weiter.

Er kam am Ruheheim vorbei und musterte es neugierig. Es schien viel größer zu sein als beim letzten Besuch; ein paar neue Flügel, ein paar Baracken waren hinzugefügt worden. Er bemerkte, daß der Kies der Zufahrt lange nicht so ordentlich war, wie er sein sollte. Die an der Seite stehende Ambulanz war verstaubt. Das Gelände sah eigentlich recht vernachlässigt aus. Zum zweitenmal blieb der Inspektor mitten im Schritt stehen. Musik? Aus dem Ruheheim?

Er näherte sich dem Haus. Die Musik wurde lauter. Inspektor Coble schob sich vorsichtig durch die Eingangstür. In der Empfangshalle waren acht oder zehn Leute in bizarren Kostümen: Federn, Röckchen aus gefärbten Grashalmen, phantastische Ketten aus Glas und Metall. Die Musik klang laut aus dem Auditorium, und sie war ziemlich wild.

„Inspektor!“ rief eine hübsche, blondhaarige Frau. „Inspektor Coble! Sie sind angekommen!“

Der Inspektor musterte ihr Gesicht. Sie trug eine Flikkenjacke, die mit winzigen Glöckchen benäht war. „Das ist doch Schwester Mary Dunton, nicht wahr?“

„Ja, natürlich! Sie sind gerade zur richtigen Zeit gekommen. Wir haben einen Ball mit Kostümen und allem.“

Bruder Raymond klatschte dem Inspektor herzhaft auf

den Rücken. „Freut mich, Sie zu sehen, Alter! Kommen Sie, Apfelwein trinken. Erste Pressung."

Inspektor Coble zog sich zurück. „Nein, danke." Er räusperte sich. „Ich muß . . . meine Runden machen. Vielleicht komme ich später mal vorbei."

Inspektor Coble ging weiter zum Grand Montagne. Er bemerkte, daß einige der Bungalows in grellen Farben gestrichen waren, in Grün, Blau und Gelb. Bei manchen Häusern waren die Zäune eingerissen, und die Gärten sahen recht verkommen aus.

Er stieg die Straße nach Alt Fleetville hoch, wo er mit dem Häuptling redete. Die Flits wurden offensichtlich nicht ausgebeutet, unterdrückt, betrogen, krank gemacht, versklavt, auch nicht gewaltsam bekehrt oder systematisch geärgert. Der Häuptling schien bei gutem Humor zu sein.

„Ich töte den Großen Teufel", erzählte er dem Inspektor. „Geht jetzt alles besser."

Inspektor Coble hatte die Absicht, wieder zum Raumhafen zu gehen und abzureisen, doch Bruder Raymond Dunton rief ihn an, als er an ihrem Bungalow vorbeiging.

„Hatten Sie Frühstück, Inspektor?"

„Dinner, Liebling", hörte er von drinnen die Stimme von Schwester Mary. „Urban ist eben untergegangen."

„Aber Maude ging eben auf."

„Speck mit Eiern, Inspektor."

Der Inspektor war müde, und er roch frischen Kaffee. „Danke, gern."

Nach Speck und Eiern und bei der zweiten Tasse Kaffee sagte der Inspektor vorsichtig: „Sie beide sehen recht gut aus."

Schwester Mary war auch wirklich hübsch mit ihrem locker fallenden blonden Haar.

„Hab' mich nie wohler gefühlt", gab Bruder Raymond zu. „Das ist eine Sache des Rhythmus, Inspektor."

Der Inspektor blinzelte. „Rhythmus?"

„Um genauer zu sein: das Fehlen eines Rhythmus", sagte Schwester Mary.

„Und alles fing damit an, daß wir unsere Große Uhr verloren", erklärte Bruder Raymond.

Allmählich fragte Inspektor Coble die Geschichte aus den beiden heraus. Drei Wochen später, als er wieder in Surge City war, erzählte er sie dem Inspektor Keefer mit seinen eigenen Worten.

„Sie hatten gut die Hälfte ihrer Energien daran verschwendet, sich an eine . . . hm . . . falsche Wirklichkeit zu klammern. Alle hatten Angst vor dem neuen Planeten. Sie gaben vor, es sei die Erde, versuchten sie dort mit Gewalt neu zu schaffen, hypnotisierten diese neue Welt, die alte Erde zu sein. Natürlich mußten sie damit Schiffbruch erleiden. Gloria ist eine Welt, die absolut tut, was sie will, völlig regellos wie sonst keine. Die armen Teufel wollten Erdenrhythmen und Erdenroutine auf diese herrliche Unordnung pfropfen, auf dieses monumentale Chaos!"

„Kein Wunder, daß sie alle überschnappten."

Inspektor Coble nickte. „Erst, unmittelbar nachdem die Uhr den Geist aufgegeben hatte, dachten sie, jetzt gehe es mit ihnen zu Ende. Sie empfahlen Gott ihre Seelen und waren bereit, sich in alles zu schicken. Ein paar Tage vergingen, und da wunderten sie sich plötzlich, daß sie noch lebten. Und plötzlich gefiel es ihnen, zu leben. Sie genossen es. Schlafen, wenn es dunkel wird, arbeiten, wenn die Sonne scheint."

„Klingt ganz so, als sei dies ein guter Planet für die Pensionierung", sagte Inspektor Keefer. „Wie steht es mit dem Fischen dort?"

„Nicht so besonders gut. Aber Ziegenherden gibt es, Ziegenherden . . .!"

Das Relikt kam den Felsgrat entlanggerast, ein hinkender, hagerer Mann mit gequälten Augen. Er bewegte sich immer in mehreren schnellen Sprüngen und versteckte sich in jedem Schattenfleck, rannte hinter jeden flüchtigen Schatten, kroch oft auf allen vieren und hatte den Kopf dicht am Boden. Als er den letzten größeren Felsblock erreichte, hielt er an und schaute über die Ebene.

In der Ferne erhoben sich niedrige Hügel, die fast mit dem Himmel verschmolzen, der fleckig und farblos war wie schlechtes Milchglas. Die Ebene sah aus wie verrotteter Samt, schwarzgrün und verknittert, mit rostfarbenen und bräunlichgelben Streifen. Ein Springbrunnen aus flüssigem Stein sprang hoch in die Luft und verzweigte sich zu schwarzer Koralle. Etwa in der mittleren Ferne entwickelte sich eine Familie grauer Gegenstände zu einer anscheinend zweckvollen Bestimmung: Kugeln verschmolzen zu Pyramiden, wurden Kuppeln, zu Gruppen weißer Spitztürme, zu hohen Masten, die sich in den Himmel bohrten, dann durch einen Kraftakt zu einem Mosaik.

Dem Relikt bedeutete das alles nichts. Er brauchte Nahrung: Draußen auf der Ebene gab es Pflanzen. Sie mußten genügen, wenn es nichts Besseres gab. Sie wuchsen im Boden, manchmal auch auf einem im Wasser schwimmenden Klumpen, oft auf einem Kern harten, schwarzen Grases. Die Blätter waren groß, feucht und schwarz, die Stengel dornig, blaßgrün die Zwiebeln, dann wieder Stengel mit Blättern und grotesk verzerrten Blüten. Es gab keine besonders charakteristischen Pflanzen oder Arten, und das Relikt konnte nicht wissen, ob die Blätter und Blüten, die es gestern gegessen hatte, es heute vergiften würden.

Mit dem Fuß prüfte der Hagere die Oberfläche der Ebene. Die glasige Fläche, die gleichzeitig aus roten und graugrünen Pyramiden zu bestehen schien, trug sein Gewicht, saugte dann aber unvermittelt an seinem Bein. Erschreckt riß er sich los, sprang zurück und hockte sich auf einen wenigstens vorübergehend festen Stein.

Hunger schnitt in seinen Magen. Er mußte essen und musterte die Ebene. Nicht zu weit entfernt spielten ein paar Organismen, die schlitterten, tanzten, tauchten, stellten sich in großartigen Posen auf. Falls sie herankämen, könnte er versuchen, eines dieser Dinger zu töten. Sie ähnelten Menschen, und daher würden sie wohl eine gute Mahlzeit abgeben.

Er wartete. Lange? Kurze Zeit? Zeit war für ihn weder eine Menge noch eine Eigenschaft. Die Sonne war verschwunden. Es gab keinen Standard-Zyklus, keine Wiederkehr. Das Wort Zeit hatte keine Bedeutung.

So war es nicht immer gewesen. Das Relikt hatte ein paar bruchstückhafte Erinnerungen an alte Tage, ehe System und Logik bedeutungslos wurden. Der Mensch hatte die Erde beherrscht und ging dabei von der Annahme aus, daß eine Wirkung zu einer Ursache zurückverfolgt werden könne, die wiederum die Wirkung einer Ursache sei.

Manipulierte man dieses Grundgesetz, so erhielt man reiche Ergebnisse; es schien keine Notwendigkeit für ein anderes Werkzeug, ein anderes Instrument zu bestehen. Der Mensch beglückwünschte sich selbst zu dieser generalisierten Struktur. Er konnte in einer Wüste leben, auf einer Ebene oder auf Eis, in Wald oder Stadt, denn die Natur hatte ihn nicht für eine ganz bestimmte Umgebung geschaffen.

Er wußte nichts von seiner Verletzlichkeit. Logik war seine Umwelt. Das Gehirn sein spezielles Werkzeug.

Dann kam die entsetzliche Stunde, da die Erde in eine Tasche der Nicht-Kausalität schwamm und sich alle geordneten Spannungen vor Ursache-Wirkung auflösten. Das spezielle Werkzeug war nutzlos. Für die Realität hatte es keine Bedeutung mehr. Von den zwei Milliarden Menschen überlebten nur ein paar – die Irren. Die waren nun die Organismen, die Herren des Gebiets, und ihre Dissonanzen waren den wunderlichen Grillen des Landes angemessen, so daß eine Art sonderbar wilder Weisheit entstand. Oder vielleicht war diese desorganisierte Welt, die ganz losgelöst war von der alten Organisation, ganz besonders empfänglich für Psychokinese.

Ein paar andere, Relikte genannt, überlebten ebenfalls, aber nur durch eine ganz seltsame Reihe von Umständen. Das waren diejenigen, die am meisten mit der alten kausalen Dynamik aufgeladen gewesen waren. Es blieb genügend davon übrig, um den Stoffwechsel ihrer Körper zu regeln, doch weiter reichte es nicht. Sie starben sehr schnell dahin, denn Vernunft war kein Mittel gegen die Umwelt. Manchmal spuckte und kreischte der Geist, dann rasten sie und jagten über die Ebene.

Die Organismen beobachteten das ohne Staunen und ohne Neugier. Wie konnten sie auch staunen? Das irre Relikt konnte bei einem Organismus anhalten und versuchen, die Existenz der Kreatur zu verdoppeln. Der Organismus aß einen Mundvoll Pflanzen, und das tat auch das Relikt. Der Organismus rieb sich die Füße mit zerdrücktem Wasser; das tat auch das Relikt, dann, etwas später, starb das Relikt an Gift, an geplatzten Därmen oder an Hautverletzungen, während sich der Organismus im feuchten, schwarzen Gras ausruhte. Oder der Organismus versuchte auch einmal, das Relikt aufzuessen, dann rannte dieses davon in seiner Angst und konnte sich in keiner Ecke der Welt mehr zurechtfinden; es rannte, hüpfte, wühlte sich durch die dicke Luft, die Augen weit aufgerissen, den Mund weit offen, schreiend und keuchend, bis es in einem Tümpel aus schwarzem Eisen zusammenbrach oder in eine Vakuumtasche stürzte, um dort herumzusurren wie eine Fliege in einer Flasche.

Von den Relikten gab es nurmehr ein paar. Finn, der

sich jetzt auf dem Stein über der Ebene zusammenkauerte, lebte mit vier anderen zusammen. Zwei davon waren alte Männer, die wohl bald sterben würden. Auch Finn mußte sterben, wenn er nicht bald Nahrung fand.

Draußen auf der Ebene setzte sich einer der Organismen, Alpha genannt, nieder, fing eine Handvoll Luft, eine Kugel blauer Flüssigkeit, und knetete sie mit einem Stein zusammen, bis sich die Masse wie warme Karamelmasse zog und wie ein Seil von der Hand fiel. Das Relikt duckte sich nun ganz zusammen. Es ließ sich nicht sagen, welche Teufelei der Kreatur nun einfallen werde. Alle waren unberechenbar. Das Relikt schätzte das Fleisch der Kreaturen, es ließ sich gut essen. Aber auch Relikte wurden von Organismen gefressen, falls sich eine Gelegenheit dazu ergab. Finn war da sehr im Nachteil. Was sie Unsinniges taten, bestürzte ihn. Er versuchte zu entkommen, rannte, und da begann der Terror. Die Richtung, in die er sein Gesicht drehte, war selten jene, in die der Boden mit seinen Reibungsflächen ihn gelangen ließ. Dahinter war der Organismus, unberechenbar und ungebunden wie die Umgebung. Die Unberechenbarkeiten summierten sich manchmal, aber manchmal hoben sie sich auch gegenseitig auf. Im zweiten Fall konnte der Organismus ihn einfangen. Es war alles so unerklärlich. Aber was war eigentlich nicht unerklärlich? Das Wort, „Erklärung" hatte keine Bedeutung, keinen Sinn.

Sie kamen auf ihn zu. Hatten sie ihn gesehen? Er legte sich ganz flach an den trübseligen gelblichen Felsen.

Der eine Organismus blieb in der Nähe stehen. Er konnte dessen Geräusche hören und versuchte sich noch unsichtbarer zu machen; zudem war er ganz krank vor Hunger und Furcht.

Alpha sank auf die Knie, ließ sich platt auf den Rücken fallen, die Arme und Beine irgendwie ausgestreckt; der Organismus begrüßte den Himmel mit einer Reihe musikalischer Schreie, Silben und gutturaler Stöhnlaute. Das war eine persönliche Sprache, die er jetzt erst improvisiert hatte.

„Eine Vision", rief Alpha. „Ich sehe am Himmel vorbei. Ich sehe Knoten, wirbelnde Kreise. Sie ziehen sich zu harten Punkten zusammen. Sie lassen sich nie mehr auflösen."

Beta hockte auf einer Pyramide und schaute über die Schulter zum gefleckten Himmel hoch.

„Eine Intuition!" sang Alpha, „ein Bild aus der anderen Zeit. Es ist hart, erbarmungslos und unbeugsam."

Beta nahm auf der Pyramide eine Pose ein, tauchte durch die glasige Oberfläche, schwamm unter Alpha durch, tauchte auf und lag flach neben ihm.

„Beobachte das Relikt am Hügel. In seinem Blut ist die ganze alte Rasse, die begrenzten Menschen mit engen Geistern. Er hat die Intuition ausgeschwitzt. Plumpes Ding, ein Tölpel", sagte Alpha.

„Sie sind alle tot, alle!" rief Beta. „Obwohl noch drei oder vier da sind." (Wenn Vergangenheit, Gegenwart und Zukunft nichts mehr sind als übriggebliebene Ideen aus einer anderen Ära, etwa wie Boote auf einem ausgetrockneten See, dann ist die Beendigung eines Prozesses nie zu definieren.)

Alpha sagte: „Das ist die Vision. Ich sehe die Relikte über die Erde schwärmen. Dann verschwinden sie ins Nichts, ganz wie Mücken im Wind. Das liegt hinter uns."

Der Organismus lag ruhig da und dachte über die Vision nach.

Ein Stein, vielleicht war es auch ein Meteor, fiel vom Himmel, stürzte durch die Oberfläche des Teiches. Er ließ ein kreisrundes Loch zurück, das sich ganz langsam schloß. Aus einem anderen Teil des Teiches platschte eine Flüssigkeit heraus und schwamm weg.

Alpha sagte: „Und wieder – diese Intuition kommt ganz stark! Es werden Lichter im Himmel sein."

Das Fieber starb in ihm. Er hakte einen Finger in die Luft und zog sich selbst auf die Füße.

Beta lag ruhig da. Ameisen und Käfer krochen über ihn, bohrten sich hinein und legten Eier. Alpha wußte, daß Beta aufstehen und die Insekten abschütteln konnte, um wegzugehen. Er konnte einen anderen Beta produzieren, wenn er wollte, oder auch ein Dutzend davon. Manchmal schwärmte die ganze Welt von Organismen aller Sorten, aller Farben, groß wie Türme, klein und breit wie Blumenwannen. Manchmal versteckten sie sich ruhig in tiefen Höhlen, manchmal bewegte sich die empfindliche Substanz der Erde, und dann wurde einer, aber vielleicht auch dreißig, eingeschlossen in einem unterirdischen Kokon; dann saßen alle wartend da, bis sich der Grund öffnen würde und sie blinzelnd und blaß ins Licht spähen konnten.

„Ich fühle eine Leere", sagte Alpha. „Ich will das Relikt essen." Er machte sich auf, und der Zufall brachte ihn in die Randnähe des gelben Felsens. Finn, das Relikt, sprang verängstigt auf.

Alpha versuchte sich zu verständigen, so daß Finn stillhielt, während Alpha aß. Aber Finn hatte kein Verständnis für die Obertöne in Alphas Stimme. Er griff nach einem Stein und warf ihn auf Alpha. Der Stein verpuffte in einer Staubwolke, die in Finns Gesicht zurückblies.

Alpha kam näher und streckte seine langen Arme aus. Das Relikt stieß mit den Füßen, doch dabei rutschte er auf der Ebene aus. Alpha hoppelte ruhig hinter ihm drein. Finn kroch davon. Alpha begab sich nach rechts, denn eine Richtung war so gut wie die andere. Er stieß mit Beta zusammen und begann an diesem zu essen, statt am Relikt. Finn zögerte; dann kam er heran, schob Alpha weg und stopfte sich große Stücke rosafarbenen Fleisches in den Mund.

Alpha sagte zum Relikt: „Ich wollte ihm, den wir

gerade essen, eine Intuition verraten. Aber jetzt spreche ich mit dir."

Finn konnte Alphas persönliche Sprache nicht verstehen. Er aß daher so schnell wie möglich.

„Es werden Lichter im Himmel sein", sprach Alpha weiter. „Die großen Lichter."

Finn erhob sich, beobachtete mißtrauisch Alpha und griff nach Betas Beinen, um ihn dem Berg entgegenzuziehen. Alpha schaute fragend, jedoch unbekümmert zu.

Für den spindeldürren Finn war das eine harte Arbeit. Manchmal floß Beta durch die Luft, dann wieder hing er an einem unsichtbaren Hindernis fest, oder er schien am Boden festgefroren zu sein, schließlich sank er in einen Knollen Granit, der sich sofort um ihn zu schließen begann. Finn versuchte, Beta herauszureißen, half auch mit seinem Stock nach, doch es gelang ihm nicht.

In angstvoller Unentschlossenheit rannte er herum. Beta lag wie eine Qualle auf heißem Sand und begann zu welken, zu schrumpfen. Finn ließ den Kadaver liegen. Verschwendete Nahrung! Die Welt war voller Enttäuschungen, ein höllischer Platz.

Wenigstens für kurze Zeit war sein Bauch voll. Er machte sich auf den Weg zum Felsgrat, fand auch etwas später das Lager, wo die vier anderen warteten – zwei alte Männer, zwei Weiber. Die Weiber Gisa und Reak waren, ebenso wie Finn, auf Nahrungssuche gewesen. Gisa hatte einen Klumpen Flechte mitgebracht, Reak ein Stück Aas.

Die alten Männer Boad und Tagart saßen ruhig da und warteten entweder auf Essen oder auf den Tod.

Verdrossen grüßten die Weiber Finn. „Wo ist die Nahrung, die du mitbringen wolltest?"

„Ich hatte einen ganzen Kadaver", antwortete Finn, „aber ich konnte ihn nicht schleppen."

Boad hatte heimlich ein Stück der Flechte gestohlen und stopfte sie in seinen Mund. Sie wurde nun lebendig, zitterte und wand sich und strömte einen roten Saft aus, der Gift war, und der alte Mann starb.

„Jetzt habt ihr zu essen“, sagte Finn.

Aber das Gift verursachte eine Fäulnis, und der Körper erzeugte einen blauen Schaum und schwebte aus eigener Kraft davon.

Die Frauen wandten sich nun dem anderen alten Mann zu, der mit bebender Stimme sagte: „Eßt mich, wenn ihr müßt, aber warum nehmt ihr nicht Reak, die doch jünger ist als ich?“

Reak, die jüngere der beiden Frauen, kaute an einem Brocken Aas herum und sagte nichts.

„Warum machen wir uns Sorgen?“ bemerkte Finn mit hohler Stimme. „Die Nahrungssuche wird immer schwieriger, und wir sind die allerletzten Menschen.“

„Nein, nein“, widersprach ihm Reak, „nicht die allerletzten. Auf dem grünen Hügel haben wir noch andere gesehen.“

„Das ist aber schon lange her“, erklärte Gisa. „Die sind jetzt sicher schon tot.“

„Vielleicht haben sie etwas zu essen gefunden“, meinte Reak.

Finn stand auf und schaute über die Ebene. „Wer weiß? Vielleicht liegt ein besseres Land hinter dem Horizont?“

„Nirgendwo gibt es etwas anderes als Wüste und böse Kreaturen“, schnappte Gisa.

„Wo könnte es noch schlechter sein als hier?“ wandte Finn ein.

Niemand fand einen Grund zum Widerspruch.

„Ich schlage dies vor“, sagte Finn. „Dieser hohe Gipfel dort. Da liegt harte Luft. Die stößt gegen den Berg und wird zurückgestoßen. Die Lagen schwimmen her und hin und verschwinden um die Kante außer Sicht. Wir wollen alle auf diesen Berg klettern, und wenn eine Luftlage vorbeikommt, die groß genug ist, werfen wir uns darauf, damit sie uns zu den schönen Regionen trägt, die es vielleicht dort gibt, wohin wir nicht schauen können."

Es gab Streit. Der alte Mann Tagart sagte, er sei zu schwach dazu; die Frauen glaubten nicht an eine Region des Überflusses, die sich Finn vorstellte, aber später kletterten sie doch grimmig und schimpfend den Berg hoch.

Sie brauchten lange dazu. Der Obsidan war weich wie Gallert. Tagart erklärte mehrmals, er sei am Ende seiner Kraft, doch er kletterte weiter und erreichte schließlich den Gipfel. Sie hatten oben kaum Platz, auch nur zu stehen, aber sie konnten nach allen Richtungen über die Landschaft schauen, bis sie in einen wassergrauen Horizont überging.

Die Frauen schwatzten und deuteten in verschiedene Richtungen, doch nirgends ließ sich ein glücklicheres Gebiet erkennen. In einer Richtung wabbelten blaugrüne Berge wie volle Ölblasen, in einer anderen lag ein schwarzer Streifen, vielleicht eine Schlucht oder ein Schlammsee. Dann sahen sie anderswo wieder blaugrüne Berge, und es waren dieselben wie vorher, nur hatten sie sich inzwischen verlagert. Darunter lag eine Ebene, die wie ein schillernder Käfer mit schwarzsamtenen Flecken aussah, und das alles war bewachsen mit einer mehr als fragwürdigen Vegetation.

Sie sahen Organismen, ein Dutzend Gestalten, die an Teichen herumlungerten, Pflanzen kauten, auch manchmal kleine Steine oder Insekten. Dann kam Alpha. Er bewegte sich langsam und schien noch immer über seine Vision nachzudenken; jedenfalls übersah er die anderen Organismen. Deren Spiel ging weiter, doch plötzlich standen alle still und schienen Alphas Bedrückung zu teilen.

Auf dem Obsidianberg fing Finn eine vorübertreibende Luftscheibe ein. „Alle aufsteigen", drängte er, „und wir werden in das Land des Überflusses davonsegeln."

„Nein“, protestierte Gisa, „dort ist kein Platz, und wer weiß, ob wir in die richtige Richtung fliegen?“

„Weiß jemand, wo die richtige Richtung ist?“ fragte Finn.

Niemand wußte es, und die Frauen wollten nicht aufsteigen. Finn wandte sich an Tagart. „Hier, Alter, schau, steig doch auf. Zeig diesen Weibern, wie es ist.“

„Nein, nein! Ich fürchte die Luft! Das ist nichts für mich!“

„Steig auf, Alter, wir kommen schon mit.“

Keuchend und ängstlich klammerte Tagart die Hände in die schwammige Masse und kletterte auf die Luftscheibe. Seine spindeligen Beine hingen ins Nichts. „Und wer kommt jetzt?“ fragte Finn.

„Geh doch selbst“, riefen die Frauen und wollten nicht kommen.

„Euch zurücklassen, meine letzte Garantie gegen den Hunger! Marsch, an Bord mit euch!“

„Nein. Die Luft ist viel zu klein. Laß doch, wir folgen auf einer größeren Scheibe.“

„Na schön.“ Finn ließ los, die Luft schwamm weg über die Ebene hinaus, und Tagart klammerte sich ängstlich an.

Neugierig sahen sie ihm nach. „Schaut mal, wie schnell und leicht sich die Luft bewegt.“

Aber die Luft selbst war unsicher, und das Floß des alten Mannes löste sich auf. Tagart versuchte mit aller Kraft, die sich auflösenden Teile zusammenzuhalten, doch es gelang ihm nicht, und er stürzte ab.

Die drei auf dem Gipfel sahen, wie die spindeldürre Gestalt auf dem Weg zur Erde weit unten sich verdrehte und überschlug.

„Jetzt haben wir gar kein Fleisch mehr“, klagte Reak verdrießlich.

„Keines“, pflichtete ihr Gisa bei, „oder nur den visionären Finn selbst.“

Sie besahen ihn genau. Gemeinsam könnten sie ihn leicht überwältigen.

„Vorsicht!" schrie Finn. „Ich bin der letzte der Männer. Ihr seid meine Frauen, müßt also meinen Befehlen gehorchen."

Sie achteten gar nicht auf ihn, murmelten miteinander und warfen ihm heimliche Blicke aus den Augenwinkeln zu. „Vorsicht!" wiederholte Finn. „Ich werfe euch beide von diesem Gipfel hinab."

„Das haben wir mit dir vor", sagte Gisa, und sie kamen düster und vorsichtig näher.

„Halt! Ich bin der letzte Mann!"

„Wir sind besser dran ohne dich."

„Moment. Schaut euch doch die Organismen an!"

Die Frauen schauten. Die Organismen standen in einem Haufen zusammen und schauten zum Himmel hoch.

„Schaut den Himmel an!"

Die Frauen taten es. Das opale Glas schien zu springen.

„Blau! Der blaue Himmel, ganz wie in alten Zeiten!"

Ein grelles, schreckliches Licht brannte herab und versengte ihnen die Augen. Die Strahlen wärmten ihre nackten Rücken.

„Die Sonne", sagten sie voll Verehrung. „Die Sonne ist zur Erde zurückgekehrt."

Der graue Himmel war verschwunden, die Sonne stand stolz und hell in einer blauen See. Der Boden unter ihnen bewegte sich, brach auf, hob sich, wurde fest. Sie fühlten, wie sich der Obsidianfels unter ihren Füßen härtete. Die Farbe verschob sich zu einem schimmernden Schwarz. Erde, Sonne, die Galaxis – alles hatte die Region der Freiheit verlassen, sie lebten wieder in einer Zeit mit Logik und Begrenzungen.

„Das ist die alte Erde!" rief Finn. „Wir sind Menschen der Alten Erde! Uns gehört wieder das Land!"

„Und die Organismen?"

„Wenn dies die Alte Erde ist, dann sollen sich die Organismen hüten!"

Die Organismen standen auf einer kleinen Anhöhe neben einem winzigen Wasserlauf, der sich jedoch schnell zu einem Fluß entwickelte und über die Ebene rann.

„Hier ist meine Intuition!" rief Alpha. „Es ist ganz genau so, wie ich es wußte. Die Freiheit ist vorüber, die Enge, die Beschränkungen sind wieder da!"

„Wie wollen wir dagegen kämpfen?" fragte ein anderer.

„Leicht", meinte ein dritter. „Jeder muß einen Teil der Schlacht kämpfen. Ich werde mich selbst auf die Sonne werfen und sie auslöschen." Und er duckte sich und warf sich in die Luft. Er fiel auf den Rücken und brach sich das Genick.

„Der Fehler liegt in der Luft", erklärte Alpha, „denn die Luft umgibt alle Dinge."

Sechs Organismen liefen davon und suchten nach Luft, aber sie torkelten in den Fluß und ertranken.

„Ich bin auf alle Fälle hungrig", stellte Alpha fest und sah sich nach passender Nahrung um. Er griff nach einem Insekt, das ihn stach, doch er ließ es fallen. „Mein Hunger ist immer noch da."

Da erspähte er Finn und die zwei Frauen, die vom Felsen herabkamen. „Ich werde von diesen Relikten eines essen. Komm, wir wollen alle essen."

Drei von ihnen machten sich auf, wie gewöhnlich jeder in eine andere Richtung. Zufällig kam Alpha vor Finn zu stehen. Er bereitete sich zum Essen vor, doch Finn nahm einen Stein. Der Stein blieb ein Stein, hart, scharfkantig und schwer. Finn schwang ihn und genoß die untätige Schwere dieses Steins. Alpha starb mit einem zertrümmerten Schädel. Ein anderer Organismus versuchte über eine Spalte von zwanzig Schritten Breite zu springen, doch er verschwand. Die anderen setzten sich, schluckten

Steine, um ihren Hunger zu befriedigen, und sie wanden sich dann in heftigen Krämpfen.

Finn deutete hier- und dorthin auf das frische, neue Land. „In diesem Viertel hier wird die neue Stadt sein, so wie die aus den Legenden. Dort drüben kommt der Hof hin und daneben die Viehweide."

„Wir haben doch nichts von all dem", wandte Gisa ein.

„Nein", antwortete Finn. „Jetzt noch nicht. Aber die Sonne geht auf und wieder unter, der Fels hat sein Gewicht, die Luft aber keines. Und wieder wird Wasser herabfallen als Regen und in die See fließen." Er trat an einen gestürzten Organismus heran. „Kommt, wir wollen Pläne machen."

ENDE